U0035041

# 不會寂寞的城市

心心

# 路中心

小木剛走出地鐵站就看到一個個黑腦袋朝著不同的方向移動，而每次當他嘗試去看清那些人的面容時，都總覺得他們都是一個樣——一樣的繃緊，一樣的世故，一樣的空洞。小木在馬路口未有爲意燈號轉綠，仍然站著呆看，身後就突然有人一撞使他幾乎倒下。他站穩後回過神來就像打開了開關一樣急步行走，以免被後面黑壓壓的，綿延不絕的人潮掩沒。

人們說這個城市好有活力，市民連走起路來都會捲起一陣陣風，每個人也都不會浪費時間，都像有非做不可的事情要去辦。街上雖然路窄而且人多，路人並肩地走卻不會踫到過對方，也不會看到對方。對於很多人來說，路人就只是路人，只是幾百萬人中的一員，只是走馬燈的風景，只是一個欄杆、一條燈柱，一件死物。而小木走得更比所有人都要快，越過了一個又一個的路人。其實他沒有想要節省時間，也沒有非做不可的事，他只是想逃過這段使他思考的時間。小木覺得當他由一個地點步行至另一個地點，其中實在有太多時間去讓腦袋轉動。而他害怕思考，一思考就頭痛，所以他想要盡快回到家，結束這場可能令人思考的運動。他走了十數分鐘終於到達家門，一推開門，門外微弱的光線稍稍照亮了屋內的布置和家具，再關上門，又回復到他永遠無法適應的昏暗。他摸著牆壁打開了燈，然後脫掉鞋，把外衣滑到地上，沿著狹長的走廊進入自己的房間就躺到床上。

小木在床上把被蓋過頭，捲曲著身體，望向被窩裡的幻影，在黑暗中隱約看到遠處有十數條白影豎立在球場上左右移動。

「他們在等球？或是在等人？球賽甚至還尚未開始？」

他把眼鏡戴好，發現原來只是一個個白色的指示牌，它們全都指向一個方向，可是那個方向卻什麼都沒有。他儲足了精神後將被拿開，疲憊地下床去洗澡。小木打開水喉，抬頭面向花灑，窒息的感覺讓他只想張開口呼吸空氣，沒有餘地去想其他事，也任憑各種感覺向自己襲來，讓他想哭，讓他無力。他喜歡這些感覺，所以他喜歡洗澡，甚至常常站在淋浴間忘記離開。直到洗完澡，他拿起毛巾一邊抹拭淌著水的身體，一邊打開冰格，隨手拿了一碗剩飯放到微波爐內加熱。

「太熱了。」

「叮」的一聲，他伸手取回那碗剩飯，發覺飯都焦糊在一起。他用匙搞拌著飯，對飯吹氣，水則繼續沿著頭髮和身上的皮膚緩緩滴下。

「熱也好，總比冷的好。熱總會變涼，水也總會乾。」

此時窗外的霓虹燈亮起，刺痛了小木雙眼。他別過頭來將碗搬到電腦桌上，望著電腦屏幕大口大口把燙口的飯都吞下。

「实测！时下年青人懂得吗？」

「五分钟教你发达！」

「调情的方法！如何达到高潮？」

「某一个乐队——某一个MV」

「另一个组合——另一个MV」

「你知道吗？你见过吗？有些人是这样做的！」

「你学会了吗？原来一直以来你都做错了！」

「呀哈哈哈哈哈。」
「太厉害了！」
「竟然！想不到！什么？！你妈！」
「哇哇哇哇哈哈哈。」
「美国的阴谋！」
「揭秘！」
「解说！5分钟看完一套电影！然后你不用看了！」
「什么？想做什么？唉唷哈哈哈哈。」
「哈哈哈哈哈哈哈哈。」
「这样做的菜，眞香！」
「眞香！太好吃了！」
「就是要这样做才对！」
「我跟你说，你绝对不会知道的事。」
「太棒了！最受欢迎的偶像？」
「太魔性了！绝对不能不看！」

「3分钟跟你说这座城市的兴衰史！」

小木吃飽時已是凌晨，他再次躺倒到床上，呆望天花。

「但願他能輕力點關門。」

# 午夜裡

晚上十一時，洛姸走在街道上正要回家，她一邊走一邊望著自己穿上高跟鞋的腳尖，覺得每步都走得好奇怪——這一步走闊了，下一步腳掌又有點彎曲。愈走愈不耐煩，心中無名的怨恨又同時擴張。

「爲什麼要這樣對我？」

「爲什麼要對我這樣差？」

「爲什麼他不理睬我？」

「爲什麼你認爲她做得比我好？」

「爲什麼你們不認爲我比較好？」

「我的腿比她長。」

「我的頭髮比她漂亮。」

「我比她聰明。」

「我比她……總之我應該比她好。」

「我應該要受到所有人的追求。」

「他們應該要被我迷倒，目不轉睛的，在我經過的時候走神。」

「他們應該每天拿著花，用不同的方法送給我。」

「怎麼可能不爲我傾心呢？我這樣的能幹，美麗，特別。」

「這個世上可是只有我一個洛妍呀？獨一無二，就跟公主一樣。」

「只是我走路的樣子有點怪。」

「表情有點怪。」

「說的話也有點怪。」

「儘管他們沒有說出口……」

「但他們的表情都告訴我……」

「……我應該有點怪。」

「我算是她的朋友嗎？」
「她跟我說很多話。」
「她跟我分享零食。」
「她對我說別人的是非。」
「我擁有她的秘密。」

「但我能相信她嗎？」
「有多點人在場的時候，她只會敷衍我。」
「這個蕩婦會跟所有人調情……」
「所有男人都會跟她調情……」
「雖然他們都會跟我調情……」
「但我知道他們最想跟她調情，而我只是一個次要的調情對象。」
「她擁有我所沒有的。」
「我恨她。」

「因爲這是出於妒忌……這是我比她差劣的證據。」

「但我需要深藏這種憤怒。」

街道上堆滿雜物和廢物，伴隨洛妍手執鑰匙碰撞的聲音，她的影子也跟著裙擺在地上晃動。走過幾個陰森的街口就到了住所樓下。鐵門果然又已打開，門鎖甚至似乎也壞了，而她卻沒有疑慮，反而覺得不錯，因爲這樣自己就不用多花力氣去開門，於是收回拿在手上的大門鑰匙一步一步踏上樓梯。洛妍在她小時候隨家人搬到這，當時的她很害怕步入這個鐵門，總幻想有人會潛伏在梯間隨時撲出。而且生鏽的門柄、忽明忽暗的燈、破碎的梯級、牆上的崩缺與在其上不知何謂的塗鴉，每一樣都使小時候的洛妍厭惡卻步。雖然直到很久以後，她有膽獨自走進鐵門之內，但當中使洛妍至今仍難適應，使她最爲難受的仍然是這裡的氣味——沿著樓梯所見的菸蒂、鋁罐、附著食物的包裝紙、帶有污漬的廢紙、蟑螂的屍體、偶爾還有排泄物，各自發出潮濕的臭味通通都混在一起，化爲同一種氣味。從小到大，洛妍都無可抗拒地在四層樓梯之間呼吸這些腐臭。

走完樓梯，洛妍打開家的大門後怕弄醒房間裡的父母，就在屋裡攝手攝腳地走進自己的房間，慢慢關上房門才緩過氣來。她解開首飾，脫去衣服然後坐在床邊，此時痛楚卻在身體的各個部份傳來，她只能用雙手支撐身體，再緩緩將自己躺在床上。

「腳掌和小腿。」

「腰和背。」

「肩膊。」

「頸和頭。」

她逐個部位去感受著痛楚，再逐個部位去放鬆，但肌肉自顧自的又再收縮起來。她把腫脹的腿放到枕頭上墊高，手放到小腹上，然後望著自己的腿，用腳指空抓了幾下，覺得自己是一條魚。

魚只需左擺和右擺兩個動作就能前進，看似簡單不過卻又至關重要，因爲牠們前進才能夠呼吸，前進才能找到食物或是暫時的庇護所，所以牠們被這種無可奈何的天性驅使著，不能停下。而在無限的海洋裡，聯群結隊的魚群光輝閃鑠，令人嚮往；另一邊卻又有孤魚甘心在浩瀚大海我行我素，於不見天日的深海之中尋找只屬於自己的歸宿。

擠在一起的魚群會感到痛苦嗎？孤身上路的魚又會覺得孤獨嗎？在洛妍的想像之中，千萬大小魚類同爲一體，牠們終會在相同的海洋相望相遇，相食然後相忘，而孤獨止於相忘，所以最終就不再寂寞了。

洛妍的眼皮終於禁不住疲累，悄然垂下。

# 道上

一個男人戴著口罩，穿著寬鬆的西裝徑直走進酒吧，把一份文件放到小鳥面前，然後坐在到他的對面。

「就是他。」男人若無其事地指著文件說。

「好。」小鳥也平淡地回應。

小鳥放下手中那杯梳打水，把文件裝到袋子後就起身要走，而此時男子卻捉著他的手。

「小心點呀。」

小鳥搭了一下男子捉著自己的手後就離開酒吧。他在路口的街燈處轉彎，然後走過幾個街燈後又再轉彎。十步一柱街燈，照遍每條相似的街道，彷彿令小鳥無處可躲。

小鳥由滿是人的街道行到杳無人跡的小巷，喧鬧的人聲車聲變爲急速與遲緩交替的滴水聲。他站到某個簷篷之下，拿出火機燃點香菸，深深吸了一下，然後對著遠處的月光緩緩吐出。頭上隨機掛在高樓的牆外的一大串冷氣機，隨機地落下水滴。一串水珠打到小鳥眼睛上，使他的視線模糊起來，霓虹燈牌和廣告招牌的光芒在不遠處不清晰的街角逐漸擴散。水仍不斷濺滴到小鳥的帽子，肩膀和鞋上，小鳥擦擦眼睛便繼續向小巷的深處走，回到他現居的一間宿舍。

小鳥推開貼著「XX回歸社會」字樣的玻璃門（回歸社會之前的字脫落了，只留下了膠紙的痕跡）。

「爲什麼那麼夜！」

一把女聲在正對著門的櫃檯，像子彈一樣發向小鳥。小鳥望一望牆上的時鐘，十時十分，剛過了門禁時間，正想對櫃檯發問的女人辯駁，但女人卻得勢不饒人，又連珠炮發大聲問道：

「你身上的菸味……你又去吸菸？」

「過了十分鐘就是遲，過一分鐘也是遲！這裡是有規矩的，這裡最重要的就是規矩！」

「你這樣永遠都出不了宿舍。」

這時候一個衣衫襤褸的男人推門而入，他拖著被他稱作「救國資本」的大袋垃圾，霎時小鳥和大叔兩人對望著。

「我在跟你說話！你不要顧別的！」

女人打斷了他們的對望，小鳥心知道她不去罵那後來的大叔，是因爲那大叔大有可能之後會用糞便扔她報復，於是便對那大叔視若無睹。但她才剛表達自己有多重視規矩，實在打不了圓場，就惱羞成怒，更加破口大罵。

「你會好好聽人講話嗎？你只活在自己世界裡，這輩子都別想離開呀！」

小鳥聽得很疲累，一言不發走回了自己的房間。

「我要把你關進醫院呀！」

隔著木門，小鳥聽得出她更加憤怒了，但至少沒那麼吵耳。他拿出袋裡的文件，把資料抄寫到自己的筆記之上，上面寫著一行網址，一間公司名，還有一個員工的相片和名字，然後他就背靠椅背，抬頭看著天花上泛黃的燈膽，似乎是在思考什麼。

# 小花

穿著整齊西裝的男人在辦公室用一個文件夾輕力打向了小花的頭。

「很累嗎？」男同事用關心的語氣問小花。

「是有一點，不過現在要起身工作了。」本身埋在案上小睡的小花坐起來，伸一個懶腰微笑道。

男同事走開以後小花依然感到高興，止不住微笑。她喜歡頭被摸的感覺，也喜歡被關心的感覺，她覺得男同事人很好，她覺得這個世界又發生了一件好事，而這一件好事又剛好發生在她的身上。愛是需要傳播的，愛令世界變得更好，令自己變得高興。這種暖意在小花心頭不散，爲她帶來力量。小花的手按著鍵盤打字，而且速度漸漸加快，鍵盤的聲響也愈來愈大，引來另一個同事的注意。

「好厲害呀小花，很有幹勁呢。」一把高頻率而平淡的女聲在小花對面的屏風後傳出。

「我只是跟平常一樣怕做不完工作而已，這個方案幾天內就要給客戶，趕起來以後還需要交給上司檢查批閱。我必須盡快完成。」小花向著看不見的女同事還是解釋了一輪。

「原來如此。」女同事聲音仍然平淡。

小花繼續埋頭苦幹，直到六時四十九分。

「我的計劃書做好了，你來看看吧。」

小花把計劃書捧在懷內，站在上司敞開的房門外敲門。

「是嗎？你放在桌上，我待會看。」

上司過了半晌才回答小花，而小花則看到上司兩手仍捧著電話在按，眼睛盯著手提電話的屏幕，眉頭也皺了起來，似乎在應對著什麼重要的事。於是小花小心地把文件放到桌子的角落，安靜的關上門，緩緩回到座位。她再次伏在自己的桌上，把頭埋在手臂內，一邊嗅自己的衣袖，一邊回想計劃書的細節，究竟自己做得好不好，或者上司喜不喜歡它。

七時零五分，男同事又再拍她的頭，小花望向門口，看到所有人都正在離開。他們在門口排成一列，面對鏡頭拍照，記錄下班時間，再一個一個人通過狹窄的門，消失在通往升降機的走廊。

「你很喜歡上班嗎？下班時間到了。」男同事走來跟小花搭訕。

「是嗎？但我想等上司的評語。」

「那麼快已經做好了嗎？不是還有幾天時間嗎？」

「我怕如果上司要修改的話，計劃書就趕不及了。」

「好吧我先走了，你都不要太晚走吧。」

小花靠著椅背，再望向上司房內，看到上司仍然認眞地望著手提電話，而桌上的計劃書仍在原處。這時候上司轉過頭來，眼神剛好碰到小花，遲疑了半晌就用手勢叫她進來。小花一打開門，上司就說：

「你回去吧，我也有點事要先走了……」視線始終在手中的電話，邊看邊離開了。

「好吧，明天再說。」

小花有些失望，沒等上司說完就回答，然後就很快收拾東西離開，走去升降機大堂。她按下了按鈕便站到升降機門前，看著螢幕的數字由一至十跳動，直到「叮」的一聲，升降機門一打開，裡面一位穿著恤衫的男人走出來，似是未有留意到小花，差點就撞到她，然後若無其事地穿過去。小花一邊望著那男人的身影一邊走進升降機。待升降機門關上之後，她靠在牆邊，閉著眼開始幻想——男人正把自己壓在牆邊，用手臂圍繞著她，把她抱緊，自己則在他的懷內嗅他衣服的味道。男人說著沒有邏輯的情話，而小花只貼在男人的胸口，聽著不明所以的情話。男人抬起了她的下巴，正要把頭靠過來，然後「叮」的一聲，升降機到達地面傳來震動，這時候門和小花的眼睛都打開了。天色陰沉，空氣的味道驟變，小花面紅耳赤，心跳加速，定過神後步向車站，融入到人潮之中。

# 計劃A

小鳥徹夜未眠，在筆記本上仔細地爲所有重點畫上記號——年齡，配偶，住宅地址，辦公地址和時間，職位，父母名稱和住所，經常用餐的餐廳，還有公司名稱，業務性質，收購目標和銷售策略等等。他沉思良久草擬了一套路線和方法，卻發現他根本不能理解這些東西，所以他決定從最基礎的資料搜集開始。早上七時三十分，小鳥的檔案才看到一半，聽到門外餐具碰撞不斷的聲音，還嗅到飯菜的氣味，便動身去飯堂用餐。

雖然已有十年沒有更新，但據官方在網頁上的講法，這座復康院爲即將離開再進入社會的輕度病人作準備，爲他們進行最後的觀察和教導。所以這裡的病人精神普遍穩定，最多只會偶爾大叫，或與其他院友爭執一些正常人都會爭執的事——例如當他們受到無理的批評，或當要爭取僅有的資源時，自然就會想據理力爭，情緒激動時亦可能會有肢體動作和接觸，可是各種形式的衝突在這裡仍然是最大的禁忌。曾經有一次飯煮少了，一班不夠食物的院友先是投訴，然後愈發激動就大吵大鬧起來，有幾個人甚至還動手打架，結果有人受傷送去了醫院，害得院長要爲此寫很長的報告，而且還要應對往後幾個月的巡視，所以他十分生氣，訓示所有職員，要用盡一切辦法保持穩定。自此職員們都會確保院友有足夠食物，果然往後院長就再沒有被這些瑣碎的事所麻煩。只是也從來沒有人研究過，這是由於院友吃飽了情緒就穩定下來；還是因爲職員的隨身裝備多了一支短棍；抑或是種種問題都只留在院內解決，不會上報？總之事到如今用餐時間可算是所有人的休息時間，院友吃得滿足，職員又能夠放鬆下來。

小鳥走到飯堂，衆人正在排隊領餐，幾鍋餸菜擺在廚房外的桌上，餐具則在另外一旁。院友們自動自覺拿著碗筷餐具熟練而且有序地排成幾行，經過大鍋時快速地把食物裝到自己的碗中，再用兩手捧到懷中，專心致志帶到自己的座位開始進食。在這裡沒有人會浪費時間，也沒有多餘的動作，像機器，或像久經訓練的狗，拿到食物就一股腦張口吞噬。此時坐滿了人的飯桌像極農場裡的飼養棚，而雞隻們在比賽吃飼料，雞頭傍著雞頭，看誰吃得多。職員在另一旁坐著或靠在牆邊，雖然他們處於同一個空間，卻又像在另一個世界，都放下了平常的警戒神色，亦和院友們沒有任何交集，只在一旁邊看電視邊討論劇情。

小鳥領完餐後趕緊拿到空位開始狼吞虎嚥，同時餐具碰撞聲和眾人的咀嚼聲也愈來愈吵，終於噼嘭一聲，小鳥放下用完的餐具，舒了一大口氣正轉身要走時，卻聽到後面有人喊他：

「喂，小鳥，今天到你來收拾洗碗。」某個年青職員說。

「算了吧。不要這樣。」另一名年長職員想撲熄年青職員的怒火。

「爲什麼就他不需要工作？這裡不是所有人都需要工作嗎？他要分擔宿舍的工作來證明他能重回社會呀。」

年長職員轉過身面向年青職員，雙手按在他的肩上，表情輕鬆，語氣卻嚴肅起來。

「我們叫清潔工做，不要激動。」

年青職員還未來得及反應，清潔工已不情不願的離開他原本看電視的位置，口中唸唸有詞，慢慢走去餐桌處收拾。年青職員亦無話可說，再望向小鳥，此時才看到他五官緊縮在一起，面目猙獰，額頭上的血管脹起像要隨時噴發，他緊握著拳頭帶動他的身體發抖。在場的職員和病人都似有默契地降低了音量，避開小鳥，最後離開了飯堂，離開了他，在閒談中逐漸消失，剩下一片靜默，剩下小鳥一人。小鳥緩慢而小心地呼吸，每吐出一口氣就放鬆了幾分，洩氣地回到房間。小鳥拿出未看完的檔案呆望，心思卻仍留在剛剛在飯堂發生的小事件。

「我沒有掩飾我的憤怒，但我剛才是否做了正確的事？又或者我根本有沒有需要憤怒？」

「我是否應該先組織好理據，再對他們解釋？嘗試用犀利的言詞去說服職員，或者帶動起氣氛，拉攏病人，制造群眾壓力；再不然大聲責罵——無需有意義的內容，純粹用氣勢把他壓倒。」

他記得自己經常陷入這種幻想，卻也經常忘記對上一次幻想時所作的結論，以致他常陷於這種苦惱的循環之中。想不出，也無從證實這些對於過往的想法，小鳥收拾行裝便離開宿舍去圖書館。

正值學生考試季節，圖書館開得早，小鳥佔了一部電腦搜集資料。他登上目標公司的網頁對比手上的資料，嘗試弄懂那些不明白的人名和術語，在網上搜索，並且在資料上做筆記。在腦內模擬眾多可能發生的情節，將那些景像記下。小鳥努力思考時不自覺地將筆的尾端放在嘴裡咬，紙上寫著各種符號，路線和流程。在外人看來，整個筆記只隱約看得到一些時間，幾幅塗鴉，大概只有小鳥自己才看得懂。

直到中午，忽然有人撞了一下小鳥的椅背，把他嚇到。

「對不起……」小鳥轉過頭來，看到一名穿著校服的學生正小聲地對他說。

「什麼？」小鳥聽不清楚，睜開眼問他。

「對不……」話未說完，學生就走了。

「爲什麼他要害怕呢？」

「哦原來是這樣。」

小鳥困惑時，視線剛好對上一塊玻璃幕牆，映照著自己兇狠的表情。然後他按摩自己的臉，回復正常的表情後就繼續思索計劃。過了午餐時間，圖書館的學生愈來愈多，小鳥也寫完了大綱，就收拾東西準備離開。他的肉體遲鈍疲緩，精神卻仍然警覺，一邊避開其他人的視線，一邊步出圖書館的大門。

「說起來我有多久沒睡覺？」

「昨天上午好像睡了三個小時，再前一天下午好像有睡了四個小時……」

「還是再前一天？」

他因爲日夜顚倒又睡得太少，開始分不淸日子的變化。他在街上邊走邊拿出手機來確認日子和計劃好的時間，然後還設訂好鬧鐘，怕到時會因爲各種原因而錯過計劃的日子。猛烈的陽光將整條道路都照成光亮的黃色，白色的招牌變成黃色，走過的路面也變成黃色。他拿出一支菸，手放在陽光下也是黃色。吸了一口，婦人拖著小孩經過馬路迎面而來，她的臉也是黃色的。

「黃色的，哈哈哈。」小鳥咧嘴而笑，緩緩吐出煙霧，婦人聽到小鳥的自言自語，就極力迴避他的目光，趕忙拖著小孩走過。

「眞可愛全是黃色的，很漂亮。」

轉到了小巷，把菸蒂丟掉就走上去宿舍，仍然未見職員工作，小鳥怕櫃檯的女人隨時出現，趕忙回到自己的房間，然後脫光了衣服就睡在床上。

「今晚會在什麼時候起床呢？」

# 冷廚房

「今晚他沒有回來。」

零晨五時正小木就醒了過來，他隨手關掉鬧鐘，看了看枕邊沒人，估計那個男人不會再回來了。天仍未亮，連窗外的霓虹燈都關了。他坐在床上定過神，就起來打開廁所的燈。他梳洗後喝了一杯烈酒，再喝一大杯水，換上全白的廚師服和黑得發亮的防水靴，在玄關回望一下已經失去氣息的住所後便離開了。小木到樓下紅燈處點起一支菸，等著轉燈過去對面馬路。零星幾輛的士加速呼嘯而過，刮起一陣陣風打在小木的身上。

「可能他們心裡默默在期待自滅的瞬間，但至少他們在這個瞬間是自由的。」小木感受到車輛莫名的暴躁，覺得那些司機在發洩著什麼。

然後又有一輛的士從遠處高速駛來，交通燈號剛好轉爲綠燈，迫得它在最後關頭剎停，剛好急停在班馬線的邊緣。此時行人燈號也轉爲綠燈，小木就望著那輛的士橫過馬路，而那個司機拿著菸的一隻手架到窗外，另一隻手則拍打著軚盤，一下比一下用力，口中唸唸有詞。小木才剛好到達對面，綠燈又立刻轉紅，同時的士開車加速在他身後駛過。小木回頭再望，看到他憤怒的面孔。然後一個推著裝滿紙皮和雜物的手推車的老人在小木旁邊經過，比起老人細小的身體，手推車顯得不合比例地大，而雜物也堆得比他還要高，遮住了老人的視線。此時燈號仍是紅色，不知老人是看不到燈號還是根本不怕，他弓下腰就推車過馬路。幾輛的士此時也正響鞍而至——像一個試膽遊戲，司機絲毫沒有減速，愈駛愈近，響鞍的聲音也愈來愈大，而老人亦面無懼色，始終未望過的士一眼，繼續緩緩前進，雙方都沒有退讓的意思。而最後還是老人險勝，幾輛的士雖然沒有停下，卻都繞過了他，循著漸細的鞍聲遠去。小木出門不久便看到視死如歸的人，內心確有些微波動，卻亦算從容，走到「愛沙餐廳」的招牌下，把香菸掉在坑渠，捲起鐵閘，將運貨員放在門外的發泡膠盒搬進店內。

小木打開在收銀處的一排電制，熱水爐，抽氣扇，空調，和電視機的聲音繼而響起，打破餐廳令人不快的寧靜。光管閃爍了幾下才亮著，而在餐廳亮起來的瞬間，小木就看到幾只蟑螂在油亮的桌椅中間亂竄，一輪拼命逃亡後在幾秒間已消失到小木視線內看不見的縫隙中。在看不到蟑螂的蹤影後，他把發泡膠盒搬到廚房打開，再將裡面的各種食物放入雪櫃。

小木一邊把食物堆進雪櫃，一邊回想起他一開始其實是要求食物商於清晨六點鐘，即他開門進餐廳後才把食物送進店內，以免食物變質。最初尚算準時，他可以在整理廚房過後才親自點收食物。可是之後食物來的愈來愈早，由六點到五點半，再由五點半到五點，而這時候店餐廳都尚未有人，所以食物就這樣放在門口。小木曾經跟食物商投訴食物過早送來，放在室溫會使它們變壞。但食物商卻推說這不關他的事，只是運貨公司擅自改了運貨時間。又當他找運貨公司議論時，他就說這是送貨員的問題，會提點他們一下。然而往後幾日，食物仍然在小木到達前就出現在門前。直到幾個月前的某天，小木在準備開門時碰到送貨員在門前下車要搬貨進來，就禁不住問他爲什麼要那麼早送來。

「大哥，我不是只送你這一間呀。」

送貨員一邊搬貨一邊對他說話，兩眼都未有望向過小木。小木沒想到他還會頂嘴，更想不明白爲何他送的地方不只自己一家就要早到，所以小木一時語塞，望著他等待進一步的解釋。送貨員未料到小木會就此打住，也頓了一下，然後皺著眉頭道：

「我一個上午要送十幾個地方，你知道嗎？」

「如果要等到六點才送到你處，我就連午飯的時間都沒有了。」

「每間餐廳都想要六點送，這方便你自己，但不方便其他人呀。」

送貨員不停說著他的道理，小木卻只呆站當場未作反應。

「每個人都只想到自己，眞自私。」送貨員整理好車上的貨物，臨走前丟出最後一句話便駛車離去。

事後小木不斷分析，發現問題在三方面：食物商，運貨公司和送貨員。他認爲應該先找食物商處理，因爲錢是付給食物商，出現任何問題都應該先由他們去解決。可是，小木縱使不滿，卻似是別無選擇，因爲這座城市只有唯一一間食物商，也只有唯一一間運貨商。對於食物商和運貨商，小木無可奈何，但運貨員可有千百個，他應該投訴然後期望換一個更加勤快的運貨員嗎？不，就算他們有千百個，千百個他們都一樣，下一個運貨員也只會做同樣的事。只要食物商，運貨商和運貨員與小木之間的關係沒變，情況當然也不會改變。事到如今，小木惟有如舊每天早上在門外拾取發泡膠箱，食物卻每天都會早到兩小時，在這兩小時以內逐漸離開它們最佳的狀態，小木也只能打賭它們沒有變壞。就像這間餐廳，人們的確能夠獲得各種食物，可是它們都普通尋常，有點髒有點吵，沒有人會刻意前來，卻每天都總有人不情不願地來吃著普通的食物。

在這座城市，人們可以有要求，但不能擁有滿足要求的希望。在這裡一切都在滋長生存，卻都都是趨向不完美地去生長，致使一切都勉強維持著生命，卻又只不滿足地苟且偷生。就像被藤蔓纏著的大樹，藤蔓和大樹各自掙扎，維持著兩方都不好受的平衡，雙雙虛弱地存在。

零晨六時，街道亮起來的同時街燈也關了。小木在廚房忙於切割，煮湯，煎炸，準備迎來第一批客人。此時員工亦陸續來到，穿起圍裙開始各自工作。沖水的聲音，腳步聲，開門與關門聲，愛沙餐廳如常營業，招待附近的勞動人民。

# 清水裡的金魚

街外車輛行經的聲音吵醒了洛妍，她四肢的酸痛再加上了僵硬，致使她起床後只能像喪屍一樣一拐一拐地走去廁所。她脫下褲子坐在馬桶上小便，在流淌的水聲中開始痛恨早晨，痛恨每個使她頭痛的早晨。洛妍穿回內褲，沖廁後轉到洗手台洗手，然後把水撥到臉上，再在鏡子觀察自己那張模糊的臉。鏡裡的那張臉沒有表情，亦無甚氣息，幾乎像一名身患絕症的病人，只能一天又一天地等待治療生效。看著看著，水從眼珠慢慢流到面頰和嘴唇，模糊的臉也漸變清晰。

「我喜歡我的眼睛，它們很漂亮。」

「但眞的很討厭這奇怪的鼻和嘴唇。」洛妍用手摸著自己濕透的臉。

「幸好其他人還會覺得好看，雖然我常常爲他們這個想法感到心虛。」她知道現實中大部份人會認爲她長有一張漂亮的臉。

「我最喜歡我的眼睛。」

她凝望鏡子裡面自己的雙眼，愈趨愈近，直到鼻碰到鏡子，濕透的嘴唇輕吻自己，留下幾行水跡。伸一個懶腰，全身的疼痛再次提醒她不要妄想輕鬆下來。

「今天我要戴眼鏡還是隱形眼鏡呢？」

「穿裙還是褲？」

「紮起頭髮還是放下來？」

「要不要戴耳環？」

洛妍無時無刻都在選擇，而她從醒來以後腦袋就開始不停運轉，考慮今天的打扮行裝，但妝容除外——惟有她的妝容每天都不變，因爲她已經試過太多其他不同的化妝方法，直到某天她終於懶得再去嘗試，也可以說是放棄，便選定了一種妝容，自此不允許自己去改變它，因爲她想定住自己的容貌，而這種穩定使她心安。她對著鏡子把化妝品塗抹在臉上，一筆筆地上色，最後畫完唇膏紮好頭髮，便轉身回過頭看鏡子裡自己的背面，把兩邊臀部的肉向中間推，還用力揑了一下，留下了兩個紅手掌印。對了，除了鼻子和嘴唇，她還討厭自己不夠緊緻豐滿的屁股，一輪擺弄後洛妍回到房間，穿上純白恤衫和裙子便出門上班。她離開住所走下樓梯，白天使樓梯的骯髒更顯眼，洛妍也比夜晚更加小心，以免衣服沾上牆壁的灰塵，而且還要留神地下，望著高跟鞋每步謹慎避開各種髒物。她討厭很多東西，當然也討厭這條象徵每天痛苦開始的樓梯。

人潮從四面八方湧向地鐵站，洛妍亦身爲其中一份子，隨水流到月台後再滲至車廂。車廂裡的人都穿著套裝、領帶、連身裙、貼身的絲襪和皮鞋，裝扮整潔，香水的味道也充滿車廂。而且每個人在這裡各安其位，在洪流中或坐或站著。列車剛剛離開隧道，耀眼的日光從玻璃透進車廂，同時一陣晃動，使車廂內一些人失去平衡，雖然未有東歪西倒，卻仍要向左右踏前一兩步，爲這個車廂製造了一場微不足道的小風波。而這場風波卻使小洛妍看得入神，這些人打扮得漂漂亮亮，在陽光的聚焦下手足舞蹈，連狼狽的樣子都很好看，就像在清澈的魚缸內暢泳的金魚，閃閃發光。

「下一站太子……」

列車在廣播以後徐徐靠站停下，洛妍擠出車廂，離開車站，走進寵物店旁老舊的商業大廈。甫進電梯，看到裡面都是不修邊幅的大叔，又再厭惡起來。他們衣不稱身，穿著的老舊袖衫發黃發皺，皮鞋暗啞無光而且破損。有頭油積聚滿頭的，也有禿頭的；有滿臉鬍鬚不刮的，也有鼻毛突出的。洛妍被他們圍住，身體不禁緊縮起來，只望著地下，不想看到他們。

「我討厭邋遢的男人。」

「所以我討厭大部分男人。」

終於到達洛妍公司的樓層，她快步走出升降機，通過狹窄破舊的走廊，進入位於樓層角落的辦公室。洛妍進去後頓感舒緩，這裡的裝修新淨，有條有理和一塵不染，所以在洛妍眼內這裡就是污穢煩吵世界裡的庇護所。她到自己的辦公桌上爲花瓶裡的假花噴了點水，將杯子小心放置好後就打開電腦屏幕，開始一天的工作。

洛妍看了一遍客戶的電郵，便從價錢到種類；從時間到地點，專心尋找客戶所需的資料，再逐個回覆。直至臨近中午，旁邊的一男一女同事開始聊天，討論潮流玩意和有趣地方：

「很有趣呀，從來都未見過呢。」

「不如下次我們一起去？」

「好呀，也要叫他們去嗎？」

「他們肯定不喜歡這些地方的……人多未必好玩。」

「是嗎？」

「當然，我們兩個人先去視察一下吧？哈哈哈。」

「哈哈哈。」

「哈哈哈。」

「哈哈。」

洛妍被同事調情時的嬉笑聲弄得很煩躁，這時電腦發出一下提示聲，原來是收到客戶投訴，質疑洛妍的工作出錯，使她心情更差，輕拍了一下檯面就拿著杯子到茶水間斟水，好避開那些人。她拿著半滿的水杯未有張口去喝，只是用嘴唇含著杯邊，以鼻孔呼氣來在杯子裡製造些許漣漪，洛妍在水中波紋看到自己浮動而美麗的雙眼，幾乎入迷。

「你待會去哪裡吃飯？」一個男人突然出現在她身旁。

「唔……」洛妍緩緩呷一口杯中的水。

「還未想好。」接著她就把剩下的水倒掉，打算洗完杯子就回去工作。

「不如去附近新開的素食餐廳？」男人繼續搭話。

「到時才算，可能我今天不吃午餐。」說罷洛妍就拿著剛洗好的杯子走開了。

男人在原地裝作要找茶包沖茶來掩飾當時的尷尬，而洛妍返回座位，將杯子放到桌面上後再慢慢調整它的位置，把杯子上的貓頭圖案正對自己，使牠正經地與洛妍對望。

「偉大的畫家看事物都跟常人不同。」

「如果他們仍然在生，會怎樣畫這隻貓呢？」

看了一會後洛妍肚子就餓了，虛弱地靠在椅背。

「我想吃飯，但不想跟那個男人吃飯。」

「我甚至忘記了那人的名字。」

「不過最重要的是我喜歡吃肉。」

「素食令我感到氣憤。」

「吃不飽令我感到氣憤。」

她曾聽過有人說，人如果只爲滿足本能而行動的話就是膚淺。沒有人想要被貼上膚淺，或低人一等的標籤，於是很多人就想出很多藉口來掩飾他們的膚淺。例如是：

「我對自己的要求很高，對任何事的事求也高，對食物的要求自然同樣地高。」

「如果人不會享受，那麼人生就太乏味了。」

「它們當然不只是食物，它們是藝術品。」

「因爲我認眞對待我的生活。」

「因爲我尊重食物，把食物煮得難吃就是浪費。」

「其實他們只是被食欲使喚的動物罷了。」洛妍爲這些造作矯情下了一個結論。

人的行動經常只需要一個藉口，而藉口說得太多，或者說得太好漸漸就會成爲了「理由」。他們忘記了進食的衝動源於本能——久未進食，身體就會在大腦產生難受的反應，驅使人去尋找食物充飢。而這種難受的反應又源於生物深處最大的恐懼：死亡。大概是人類想將自己跟其他動物分別開來，同時又在飽腹以後忘記了進食是生死攸關的事，結果就將「進食」與本能分割，再與其他別的東西，例如「生活態度」掛勾。她認定這種虛偽，胃裡傳來的咕嚕聲卻在此刻響起，如此矛盾竟使洛妍羞於讓人看到她因肚餓而進食，而自己一個人去吃飯了。

洛妍在某個十字路口跟著人潮走，正要走去最近商場內的餐廳，卻在遠處看到一班赤裸上身的地盤工人正汗流浹背地走在自己的必經之路，洛妍心中有顆螺絲好像鬆掉了，她覺得今天不能再走同樣的路，去同一個商場吃飯，不知怎的就走向了平時不會去的舊街。她今天想要別的，總之就是別的，就是今天，別的什麼都可以。拐過幾個彎，走過無數招牌，進去了第一間見到的餐廳，一間老舊又有點髒的餐廳。

「一個炒飯，一杯凍檸茶。」

洛妍選了角落的座位，放下油膩的餐牌，把手按到桌上，發覺餐桌同樣油膩，又將手收起放到大腿上。

「炒飯，凍檸檬茶。」

幾分鐘後炒飯就端到她面前。洛妍默默地低頭吃飯，飯不好吃，但她仍將油膩的炒飯一口一口送到口裡，因爲她只想追求吃飽的感覺。直至吃不下去，她便放下匙羹抹了抹嘴，從銀包裡面取出金錢準備要去結帳。

「沒有豬扒，豬扒飯停呀。」

洛妍走到收銀處時聽到一把熟悉的聲音從廚房傳出便望了過去——原來是一個熟悉的面孔，一個以前熟悉的人。她手拿著錢站在原地不懂反應，片刻後小木又發現了呆望著他的洛妍，卻只望了一眼就避開了她的眼神，繼續攪拌沸騰的湯。

「小姐四十七元。」

洛妍回到辦公室大樓，在洗手間用水喉水沖走手上的肥皂。一團團泡沫漸退，水漸變清，通通都流向去水處，但她的雙手卻因被流水所覆蓋而失去了輪廓和形狀。她每時每刻都在批判所有事物，想要爲所有問題尋找答案。可是突然之間，她覺得她就算看出了什麼都毫無意義——正如鏡子上那張臉非常清晰而漂亮，卻僅此而已，並無任何深意。明鏡止水，但靜水有毒，幾乎無可避免。

# 十六歲

「搞什麼？」男同學問她。

「你好煩。」女同學回答。

小木旁邊的男同學拿著手提遊戲機在課堂上玩，男同學身後的女同學輕輕踢了他的椅子幾下。那個女同學的表情好像在發怒，卻又不會使人害怕。

「關你什麼事？」男同學轉頭壓低聲音問她。

「我要專心上課。」

「我已經關了聲音呀，你上你的課，不要管我。」

「我看到就心煩。」

「爲什麼你那麼麻煩。」

「關你什麼事？」

男同學怕被老師看到，最後都無奈地收起了遊戲機，然後跟小木抱怨起來，說那個女同學有多奇怪。小木沒有回應，只一直望著男同學身後那皺著眉頭的奇怪女孩，直到那女孩也回望小木，小木才慌忙回過頭來，迴避她的目光。很快小息的鐘聲響起，小木走到課室外的走廊轉角處，在欄杆上扶著頭，從四樓觀看學校所有人的動靜——小賣部外有十數個學生堵住窗口要爭著買零食，沒有人排隊也沒有老師管；三五男生佔據籃球場一角在追逐皮球，打球的動作跟電視上的運動員好像差很遠；兩個女學生在球場的另一邊拖著手聊天，一邊走去廁所；幾個低年級的學生也在操場賽跑，一路跑上樓梯，結果很快就在梯間按著膝蓋喘氣。

小木的腳也動了起來，從四樓行到地下，又由操場的一角行到另一角，經過廁所再進去圖書館裡面繞了一圈，覺得裡面的書很悶便又走了出來。近看之下小賣部好像更多人了，小木想買一包飲品，但他又不願與人相迫，所以就只站在一旁看著。這時候剛好一位老師經過，可是他對於小賣部的亂象卻無動於衷，自然也沒有去管。小木懷著失望的眼神目送他離去之時，眼光正跟那踢椅子的女孩碰上。她站在操場的另一面，跟小木一樣在小食部的人潮外靜待，可是她卻在與小木眼神對接的瞬間決定離開，使得小木又再次目送一人。這時小木像不想再錯過什麼似的，擠到了人群當中艱難地終於買到兩包紙包飲品。鐘聲又再響起，小木掃平皺摺的衣服，走向更衣室準備上體育課。

同學們在更衣室裡光著上身互相追趕拍打嬉笑，說著不明所以的笑話。小木緊張地放好剛脫下的校服，換上體育服，在同學的喧譁聲中努力控制自己不去張望，眼光始終只落在地上。老師的呼喝聲打破了同學的嬉笑聲和小木的專注，將所有人都趕到球場。男學生在球場上繞成一圈不停地跑，有互相競逐領先位置的，有認真在注意姿勢跑步的，有在人群中間掩埋自己的，亦有幾個落後於隊伍氣來氣喘，快要斷氣似的。小木就是其中一個快要斷氣的，他覺得他的肺在呼吸之間撕開，兩腳肌肉亦快不受控制。他的視線模糊思考緩遲，他想這一切可能是他應得的懲罰，要爲他所有的不甘、自卑和羞恥心贖罪。他希望他的頭腦與身體斷開連接，起碼可以讓腦袋感覺不到這些痛苦。哨子聲響起，在一旁蹲坐在地下的女孩和剛跑完步，喘氣連連的男孩漸漸聚集到教師面前，然後又魚貫地沿樓梯陸續走回課室。小木拿出小息時候買的飲料正要用來解渴，此時那個在小賣部遇到，坐在她斜後面的女孩就踏進課室門口，兩人一直對望，直到女孩走近。

「你要嗎？」小木遞給她一包飲品。

「謝謝。」女孩接過後就返到自己的座位，兩個人手上一人一盒飲品，一同咬著飲管。

沒有老師的看管，其他學生早已偷偷陸續放學，只剩下小木和女孩坐在座位沒有離開，用飲管啜飲著紙包飲品，等候下課的鐘聲。等待像永恆又像瞬間，而鐘聲也始終如期而至。

「還給你。」

「不用了，不過你可以幫我買便利店的零食。」

小木捉著她拿著幾枚硬幣的手走出學校，走著走著，兩手捉著了又再放開，放開了又捉著。

小木在十六歲的時候很希望很快就會遇到心愛的女孩，而那個女孩亦同樣愛他。在他的想像之中，他和那個女孩可能是學校裡的同學、補習班的同學、或是朋友的朋友；他們可能在某個戲院、音樂會、公園，甚至是在任何一條街道上偶遇認識。他的腦裡沒有多少對白，不知道究竟要對女孩說什麼或者對她做什麼，只想牽著她的手，看著她的雙眼，從對方的雙眼反映出自己，看出他們都深愛著對方。他們不會介意別人的眼光，也沒有利益和包袱，在未知的世界一直遊蕩，就像他這時候拖著那個女孩的手，在便利店和學校附近的公園裡面逗留到日落，不願回家。

「洛妍。」

「洛妍。」

「洛妍。」

「洛妍。」

原來她就是那個女孩。小木從側面望著她的眼，覺得她是最漂亮的女孩。

「他會帶我離開痛苦。」洛妍緊緊握著小木的手，心裡面亦有浪漫的想像。

小木在朦朧昏黃的天色下送洛妍回家，一步比一步黑暗。街道的垃圾越來越多，地面上的混凝土亦越來越破碎。他們在洛妍住所樓下道別，放開了對方的手。小木目送洛妍走上樓梯，最終離開了自己的視線；洛妍把剛才仍被小木拖著的手抱緊在自己面前嗅，手裡的濕氣遮掩了垃圾和排泄物的味道。她打開家門後便衝進了房，伏在床上用被鋪蓋著頭，隔絕父母的咒罵聲。她仍然抱緊雙手，覺得她和小木的兩手之間裡面生出了一枚蝌蚪。她的手心冒汗，而小蝌蚪正需要這濕潤去滋養，牠會在兩人手中慢慢長大和變化，長出腿和眼睛，最後成爲一隻青蛙，呱呱地跳走。而小木手裡濕潤的感覺也仍在，他打開自己的手心盯著，掌紋之中閃亮的微小汗珠似乎就是所有事情都不再一樣的證據，連他所看到的世界亦開始變樣，所有事物都充滿光輝，色彩鮮艷。

「她每天都會走過這條不好走的爛路。」

「那我以後也走這條路吧？」

街道漸漸變得昏暗，小木怕認不出回家的路，想要快點離開，望著地下愈走愈快，小心避開爛路的碎石，走過一段一段一樣的路，突然發現自己竟走到了一個似曾相識的公園。風在樹冠盤旋，葉在風中流竄找不到著陸點，燈光點點，樹蔭婆娑，樹枝相擦之聲卻把小木心底裡的羞恥與恐懼掏出。他的心跳加快，汗也冒了出來，一時顧不到方向，兩腳快走，背包一顫一顫的只要逃離這個公園，一直跑到大街，跑到充滿人的地方，直至看到車站，和其他人一起走下去才終於找到回家的路。他把腦袋關閉，免去世間對他的批判指責，又一次把自己淹沒在人海。

當夜洛妍打開電話屏幕，看到了小木寫給自己的詩：

像風吹到盡頭無力到另一面
吹遍了森林又吹倒了塵埃

樹根知道
葉子知道
葉下的螞蟻都知道
你會知道嗎

風打在我的窗戶消散
詩點到你的臉龐消逝

只剩下你的雙眼
想永遠望著你
這是我最真摯的話

# 父親的話——父親

「你要記得我的說話。」
「做人最重要是腳踏實地。」
「還有努力。」
「專注。」
「不辭勞苦。」

「大方，不記恨。」
「閒事莫理。」
「多跟人溝通。」
「勇於表達。」
「變通。」
「愛護家人。」

「家庭永遠最重要。」

「努力讀書，尊敬你的老師。」
「結交好的朋友，遠離壞的朋友。」
「一理通百理明。」

「寧爲雞口莫爲牛後。」
「天道酬勤。」
「失敗乃成功之母。」
「態度決定命運。」
「滴水之恩當湧泉相報。」

「不要怕吃虧。」
「道路是人走出來的。」
「誠信都很重要。」

「至誠則成。」

「有能力要幫助人。」

「不過君子不立危牆之下。」

「安分守己，閒事莫理。」

「閒事莫理說過了？」

「總之你要隨機應變。」

「一本天書不能看到老。」

「面對艱難要樂觀。」

「橫眉冷對千夫指，俯首甘爲孺子牛。」

「天下無不是之父母。」

「明不明白？我已經教了你很多東西。」

「我已經跟你說過了。」

「學會多少就靠你自己。」

「最重要是靠自己，我已經跟你說過了。」

「所有事情我都已經跟你說過了。」

父親的聲音從廚房傳來，身穿校服的小木在最接近廚房的餐桌上聽著，卻又什麼都沒有聽進去。他剛吃完父親早就預備好的晚餐——那些食物和父親的話一樣，食之無味，從口進去就落到胃裡，沒有什麼可以細味。用過的碗筷放在桌上，然後小木就拿出課本來看，可是他的心思也不在書本之上，只看著廚房裡的蒸氣洋溢，還有父親的身影在鍋與鍋之間忙。

「準備好未？」父親的聲音又再從廚房傳出。

「差不多了。」

小木這才收起碗筷，把書本掉進書包，提著書包走進洗手間，把書包和校服都放到櫃子，換上工作才穿的白色汗衣和圍裙。然後把餐廳的桌椅擺好，將調味料和餐牌放到桌前，掛起用粉筆寫成的「今日推介」和「今日套餐」餐牌。隨後食客來臨，小木就爲他們寫單捧菜，忙碌整個晚上。最初他也爲自己喜歡工作感到奇怪，後來發現這是因爲他在工作時所說的任何話、所做的任何事都具有意義，沒有一點含糊。譬如當問到客人吃什麼，他總會得到一個確切的回答，然後根據這個回答，廚房會端出一樣的回答，小木就可以將回答準確地捧到客人面前，這樣重覆而正確的動作使小木感到安心。

「吃什麼？」

「三十元。多謝。」

「兩位？這邊。」

只是在客人散去準備關門時，四周空氣就會停止流動，這時候小木就會察覺到餐廳裡每個表面都鋪上一層油。油鋪在餐牌、餐具、桌子、椅子、地板、牆壁和門口上，這油膩的氣氛有時候使他失去動力，甚至舉步爲艱，不知從何入手，彷彿油都鋪到他身上。而想當然廚房是最爲油膩，也是小木唯一不想進去工作的地方。

「你先回家吧。」廚房裡傳出擦洗的聲音。

「那我拖完地就回去。」小木正要去拿地拖。

「不用了。」

「好吧。」

直到很久以後小木才知道父親跟本不會認眞打掃，只會抹掉看得見的污漬，因爲他覺得結果都一樣，油漬還是會再鋪上去；蟑螂螞蟻明早也還是會再出現，有什麼辦法？只要食物徹底煮熟，像政府廣告說的一樣，全都熟透就好了。

拉著書包和一身油膩回家，小木正用花灑沖洗身體，就聽到電話在外面震個不停。他洗完澡拿起電話，看見一條條洛妍寄來的信息：

「你今天在做什麼？」

「我今天做了這樣和那樣。」

「而那個人做了些什麼和什麼。」

小木於是致電洛妍和她說話：

「我今日在餐廳幫忙。」

「辛苦嗎？」

「每天都這樣，習慣了。」

「是嗎？」

「你愛我嗎？」

「你是我最愛的人。」

「我整天都在等你的電話。」

「你是我最愛的人。」

「我喜歡見到你。」

「我也是。」

「我喜歡拖著你的手。」

「我也是。」

對話結束以後，小木仍覺得不太眞實，想要釐淸自己的感覺。

「我像是一個囚徒。」

「那麼誰在關禁我？爲什麼我要被人關禁呢？」

小木躺在床上，覺得發黃的牆壁和天花正在一點一點地壓縮過來。他將手舉起，測度他與天花的距離。

「所有人都和我一樣嗎？」他轉而望向窗外遠處密密麻麻的建築。

「還是大家都是自由的，只有我一個是這樣？」

他拿出手機望著洛妍給他的信息，翻看昨天一起拍的照片，翻看有趣的網頁和短片。

起碼小木在這個介乎眞實與幻想的空間時是自由的——他能夠對未來作出任何想像，爲未來安置任何事物，又能把任何人消除；將自己放置在任何舒適的地方，周圍只有喜歡自己的人。想著想著又睡著了，卻在朦朧間再次聽到父親的話：

「你的母親已經走了。」

「這世上沒有一個父親像我一樣好。」

「父兼母職。」

「這世上沒有一個母親像她一樣壞。」

「我太苦了。」

「我的一切都給了家庭。」

「爲什麼我會遇到像你母親一樣的人？」

「爲什麼天下間會有人像她這麼壞？」

「原本我們會很幸福的。」

「就是因爲你的母親，害我們如此田地。」

「我太苦了。」

「沒有父親像我一樣偉大。」

「我跟你說，你明不明白。」

「你要知道。」

睡眼惺忪間，小木看到他的父親在床上用手臂遮住雙眼，嘴巴不停開合。

「這是我的夢，還是他的夢話？」

# 計劃A出錯

「現在是清晨還是傍晚？」

小鳥睜開眼拿起電話，看時間已到七時，卻分不清晝夜。他把鬧鐘關掉之後掀開窗簾，從門外的吵鬧聲及窗外行人的動靜才能判斷現時是傍晚。烏雲在天上數日仍然未散，街道灰濛一片，路面濕潤而暗淡，零星路人拿著傘過馬路，到達騎樓之後又趕忙把傘收起。他換上衣櫃裡唯一一套西裝和皮鞋，用濕毛巾抹臉，對著鏡子抽起嘴角，揚起眼眉，露齒然後嘟嘴，最後把臉部完全放鬆，提醒自己要保持著這副表情。他塗上髮蠟，用梳子將散亂的頭髮梳到頭的旁邊，再戴上帽子把它們全都收起。他在鏡子比劃，看看有沒有哪地方會露出馬腳——衣袖、襪子、皮帶、外套，每一個部分都似模似樣。當他正準備要出門時又記起差了一件事，就翻開抽屜拿起了一塊舊肥皂，沾了些水往外套的內層和襯衫抹，嗅了幾下覺得滿意之後偷望了一下門口旁的櫃檯，確認沒有人在就拿著文件袋趕忙離開宿舍。他快步走下樓梯，登上停泊在後巷的的士駕駛座，啟動引擎緩緩駛進馬路，轉了幾個彎開到了商業區，在某棟大廈的後巷停下。

正值下班時段，穿著得體的員工不斷從一座辦公大樓走出，小鳥看一看手錶側身穿過大門。大堂的保安員從崗位隱約看到小鳥逆流而過突兀的身影，便走過來打算查詢其身份來歷。豈料一台升降機剛好到達地面，又一群員工出來，小鳥繞道急行十數步趕至，待升降機裡的人都離開了就立刻按下層樓和關門掣。小鳥未有看到保安員，保安員卻被人流頂在升降機門前，只好在升險機門外一臉疑惑，考慮接下來該如何處理。

升降機內只有小鳥一人，他喘了幾口氣，低頭回想目標的種種資料——門口的密碼，文件的位置還有待會離開的路線。「叮」的一聲，升降機到達十樓，小鳥站在門前，待升降機打開時立馬就想衝出去，卻差點撞到一個女人，他極力避開女人的眼神，按著帽子就繼續走開。縱使心裡有一個不妙，小鳥當下仍選擇專心完成他的任務，繼續前往辦公室。他先在辦公室門外幾步之外窺看內裡的情況，看到室內一片黑暗，只剩下緊急逃生的燈牌在亮著，並無動靜，似是無人在內，於是小鳥就在口袋裡掏出一對乳膠手套戴上，在數字鍵盤上打上預先記好的密碼，然後門鎖果然打開。他推門而入，再亮起電筒照向每一個房門的門牌，直至找到經理房便進去打開辦公桌的抽屜，打算逐份文件檢查，卻突然發現他所找的文件竟就放在辦公桌的案上。小鳥不禁懷疑事情是否就這樣簡單，又翻開了其他抽屜，再次確認這的確是他所需而且唯一的文件。至此小鳥亦不再考慮，拿著文件就走到影印機將它影印一份，然後把正本放回原位就帶走影印本原路離開。

彼時剛才在大堂錯過小鳥的保安員從未遇過此等事情，仍在崗位上打算，突然又看到了他在升降機出來，若無其事的走向門口。保安員先是驚訝，欲上前詢問，卻只踏上一步又忽然另有想法，覺得既然自己是個新來的，不想失職又不想負責，何不將此事報告上司讓他定奪？然後就轉頭走向保安室。

「組長，有事想跟你討論一下。」組長坐在監視螢幕前，保安員在他對背後叫到。組長卻無反應。

「組長……」

「怎樣了？我快下班啦。」

組長預先警告保安員不要破壞他即將下班的心情。可是保安員仍將事情始末告之。組長一邊聽，臉色一邊變，未等他說完就連聲問到：

「有沒有人投訴？」
「那你肯不肯定那個人不是員工？」
「有沒有發生什麼事？」
「你有沒有看到那個人做什麼？」
「發生些事後你有沒有用閉路電視追蹤？」

「沒有……」
保安員欲再解釋，組長拿起他的杯子與袋子又再說到：
「全部都沒有嗎？即是你什麼都不知道，那麼我無能爲力。」
「但現在是晚上八時零三分，我已經下班了，而我未收到你正式的報告，明白嗎？」
「你回去好好仔細想想，你明天有什麼要報告給我，更重要是有沒有需要報告。」
「明不明白？」
組長轉身要走，保安員望著他離開無話可說。隨著關門的聲音室內只剩保安員一人，他坐在組長剛剛在位的椅子。保安員煩惱之餘亦對組長的手段有幾分佩服，反覆思量剛剛組長告訴他的話。而小鳥在他們討論之際已悄悄溜出大廈。

天色已黑，雨傘反射著街道燈火的光，正好讓小鳥和他的的士變得很不起眼。他把文件副本擠到手套箱，然後冒雨開車往山上走，開了二十多分鐘，在山路邊的某個街燈之下停了下來。雨勢漸緩，他下車環顧四周看沒有人，而山路來回兩邊也都只見到路燈，不見有車將會駛過，就下車拆掉舊車牌隨手將它們掉落山下，然後從車尾箱拿出另一對車牌為的士換上。完事後他走回車廂，脫下帽子，撥走衣服和面上的雨水，拿起一大袋麵包開始抓來吃。他慢慢咀嚼，腦海回顧剛才辦公室的一切，由布局位置到其他所有見到的物件，想著有沒有什麼漏洞出錯，如果有的話又可不可以補救。尤其是那份文件實在太容易得手，而它擺放的位置那樣明顯，更沒有任何保安，如果文件沒錯，會不會是個陷阱？提供給我的資料會否有出錯？如果是陷阱又是誰在策劃，對誰有好處？如果資料出錯，又是何處出錯？他大口吃完最後一塊麵包然後拿起一支瓶裝水往嘴裡灌，此時他的電話響起，小鳥把口裡所有東西吞下去後接電話。

「有沒有問題？」

「沒有問題。」

「那麼後天見。」

「好。」

掛線後小鳥取出電話裡面的電話卡拗斷，打開車窗把電話掉到山下，再把分爲兩截的電話卡掉到不同方向。他關上車窗，跟自己說應該不會有事的，看了看手錶之後就用紙巾掃走車椅上麵包的碎屑，拿走「暫停載客」的紙套，再亮起「的士」指示牌掉頭下山，開始夜晚的工作。雨已經停止，小鳥在高速公路超速行駛，用輪胎劃破瀝青路的積水，於某個出口駛出，再次進入市區，排在某個的士站的隊尾。上班日的人流較少，即使的士站在商場附近亦少人光顧，小鳥前面又有四五輛的士，於是他就調低車窗，背靠坐椅打算休息一下。他點起香菸對著窗外吞吐，身體已疲憊不堪，兩腿開始痲痹，拿著菸的手也在微微抖震。

「對了我今天睡了……四個小時？還是三個小時。」

他的身體沒有運動，心臟卻跳得奇快，一股股血流衝上腦使他頭痛，竟也令他的精神更爲亢奮，毫無睡意。小鳥敏銳的意識欲驅動遲鈍的身體，但兩者之間像有一層阻隔。他望著拿著香菸的手，將逐隻手指提起，可是每隻手指都不太靈光，而且顫抖得愈來愈厲害。他把菸頭掉到窗外然後關上車窗，吸了一口氣就大叫了一聲，想將他靈魂與肉體間的連接打通。這時一個剛好路過的路人被嚇了一下，望一望駕駛座上已經回復平靜的小鳥，之後就若無其事地走開了。

「還差少許，還差一點，還差一點就可以了，就快可以了。」

他覺得現正在樽頸位，需要多一點努力去衝破這個關口，深吸一口氣又向著擋風玻璃喊道：

「哇哇哇哇哇哇哇哇哇呀呀呀呀呀呀呀呀……咳！咳！咳……」小鳥大叫了很久，直到聲音轉弱，喉嚨受不了磨擦而咳嗽。

「可以了，可以了，可以了。」小鳥感到連接已經暢通。

「你沒什麼事嗎？」一把聲音從他身後問到。小鳥這才透過倒後鏡望到一個辦公室裝扮的年青女人已坐進車廂後座，車門半開，她的手仍抓著門把似是隨時要走。

「沒事沒事。哈哈哈。去哪裡？」小鳥轉移話題，乘客也很快收拾心情，熟練地關上車門，扣上安全帶。

「界限街與彌敦道交界。」

「界限街，彌敦道，好呀。」小鳥把軚盤打盡，駛出的士站。

「現在愈來愈少人坐的士了，你看，剛下完雨都沒有人要乘的士。」

「換轉是十多年前，你就要跟人打架搶我這台的士啦，哈哈哈哈哈。」小鳥想轉移他剛才大叫可能造成的尷尬。

「是嗎。」女乘客看著電話，顯然對這個話題不感興趣。

「哈哈哈哈哈，哈哈哈哈哈。」可是小鳥卻沉溺在自己的笑話之中。

「十幾年前呀，的士比現在還要多，但當時到處的的士站都大排長龍呢，那有的士在等乘客？以前一日賺幾千塊錢實在太容易，現在的人太窮了，眞的太窮了，經濟差呀。」

「是因爲時代不同了。」乘客一直看著電話不作聲，直到她感到被冒犯了。

「時代時代時代，時代什麼？你知道以前的時代是怎樣嗎？」小鳥也覺得被冒犯了，聲音開始高亢。

「好，我不想跟你討論這個問題。你繼續開車吧。」

乘客後悔跟他搭話，以致她心境的平穩被破壞。豈料乘客語音剛下紅燈便至，的士就正正在此時停在交通燈口處。

「開車？開什麼車？你想怎樣就怎樣？這個世界是有規矩的。」小鳥轉過頭對住乘客說。

「你是要我衝紅燈嗎？會撞死人呀。」「現在就可以開車啦。」燈號轉綠，他就回過身重新開車，面帶得意的微笑。

「唉。」乘客只暗自嘆一口氣，反一下白眼，望出窗外就沒有再說什麼，只得小鳥一人在餘下的路程繼續自說自話。

「到了。一百三十七元。」咪錶顯示136.3。

「一百四十，不用找續了。」乘客拿出幾張鈔票遞給小鳥後就急不及待打門車門逃脫了。

「找續是應該的，不過既然你不用，我都樂於接受。」

「規矩是最重要的，是不是？」

即使乘客已經關門遠離，小鳥仍然在繼續說些無意義的話。他似乎從煩擾乘客當中找到樂趣，於是又再驅車前往城市裡最多人的地方。他在公路上奔馳，卻沒有認路，只往著從公路遠望過去，城市最明亮的方向進發。因為人就像螢火蟲，本能地為著什麼目的而圍在一起，或因尋找配偶，或因抱團取暖。

「或因它們不甘寂寞。」

「或因它們有話要跟大家說。」

獨自一個的螢火蟲總是即將凋亡，也就沒有能力和理由要去發光，故此它們和人一樣，只有圍在一起的時候才會發光。而愈多蟲，或者愈多人聚在一起，光就愈明亮，更沒有任何上限，成千上萬的蟲和成千上萬的人聚在一起，就迸發出千萬的光，又再吸引更多更多的同伙加入，直至兇猛的禽鳥趕來捕食，它們也不會太難過，畢竟禽鳥吃飽後很快便會離開，而蟲子們數量眾多，對於逝去的少數同類也沒有很多想法，不假思索地揮霍掉最後的生命。最後他們漸漸只記著了光的引誘，卻忘記了光的殘忍。

「我就是那些鳥。」

「要來吃掉一隻兩隻像蟲一樣的人。」

# 女孩子

小木望著洛妍的雙眼，有時候會不知所措。

「我不喜歡那個女孩，她是個婊子，而另一個女孩是她的朋友。」

「所以她也是個婊子，我也不喜歡她。」

「是嗎？我還以爲她是個正常的人。」小木回答。

「你有沒有發現這個世界上沒有什麼正常人？」洛妍又問。

「是嗎，好像是呢。」

「現在認眞看起來，每個人都奇奇怪怪的。」

「例如我旁邊的同學在任何時候都在玩遊戲機，連上堂都在玩。」

「還有那個不穿校服，只穿運動衣的人，每一句話都是髒話，說完這些無聊話之後他和他的朋友卻笑個不停。」

「其他人又是怎樣看我們呢？」

「整天不作聲音的男孩，還有神經質的女孩？」

「他們應該覺得我們很合襯，事實上他們也是這麼說的。」

小木認眞地回答洛妍的問題。

「原來你會說這麼多話。」

「還有，原來我是神經質嗎？」洛妍問。

「原來你也以爲我是個不說話的人？」

「原來你不知道你是個神經質的人？」小木想。

兩個十六歲的年輕人發現自己對於自我的無知。他們在此之前沒有想過對方如何看待自己，也沒有想過世界如何看待自己，只想過自己如何看待自己——他們幻想著自己是個特別的人，幻想著自己是個優秀的人，幻想著自己擁有很多美好的特質，幻想著自己是個可愛的人，幻想著終會有人愛慕自己。而這種自我認知卻在得悉對方對於自己的看法時開始崩塌，兩人的面目瞬間亦變得模糊，於是兩人就一同陷入一種未知的不安，像一對在農場或森林裡迷路的鹿——他們此刻總算在夜中發現自己迷了路，在茫茫中相依為命，並肩而行，看不清對方，又看不清前方，像所有草食動物一樣小心翼翼地摸索。

「如果有一天，我失去了一隻手，怎麼辦？」

「如果有一天，我失去了你，怎麼辦？」

「你愛我嗎？」

「我是你的唯一嗎？」

「你會照顧我嗎？」

「我們會結婚嗎？」

洛妍不斷說話，覺得這樣能夠釋除她部分不安。

「如果你失去了一隻手，我會不知道如何去照顧你，結果大家都會很痛苦。」

「如果有一天你失去了我，大概你還會活得好好的，但我就不行了。」
「你是我的唯一，但我會是你的唯一……直至什麼時候？」
「我希望我有能力照顧你，可是我大概沒有。」
「我也希望我們會結婚，不過婚姻應該很可怕。」
小木沒有說出口，卻在心內逐個問題認真回答，卻愈來愈不安，也愈來愈想逃離。

結果在某個陽光耀眼的下午，他在不知不覺中又走到了他一直都懼怕的公園，坐在一張被陽光直射的長椅上。他望著自己那互相扣緊的雙手，手指不斷交互磨擦，額頭幾顆汗水也慢慢流淌到下巴。這時一雙大手按著小木的肩膊，小木的身體抖擻，不禁驚呼了一下，卻又隨即按著了自己的嘴巴，轉爲感受那雙大手帶來的溫暖。儘管小木極力遏止，但仍然禁不住喘氣連連，而那雙手繼續按摩小木的肩膊，似是要將他放鬆。然後手滑到小木的胸前。小木的呼吸漸不受控，低頭不敢張聲，直至快要窒息，就抬起頭來拼命吸氣，那個人就順勢把頭貼在小木的臉上，再從後抱著他。那個男人在長椅上抱了小木一會，就拖著他的手走了。最初使他逃離的那種內疚、迷茫，羞恥和恐懼至此好像已經煙消雲散了。

日落西山，斜陽照著小木的眼，他在陌生的床上掙脫了陌生的關愛，心境回復平靜，慢慢穿上衣服，收拾好隨身物品離開陌生的房間，然後在黃昏的街道上一步步走向父親的餐廳。他推開了餐廳的門，父親說他遲到了，卻也沒有責罵他，只一如既往地說一些人生道理，然而這次小木連話都聽不進去，他想趕快去工作，卻在換衣服時發現他人的觸感仍留在身上，所以他這晚的動作比平常快得多，希望透過勞動的汗水洗走這股感覺，結果他更沉迷於工作了。

直到晚市快要結束，洛妍穿著便服來到餐廳，與小木坐在角落，一起指著手機閒談，而小木父親一有機會就在廚房偷看他們。

洛妍對小木說：

「他們去了旅行呢。」

「他們的小狗很可愛。」

「她買了一件漂亮的外套。」

「我喜歡這套電視劇的女角。」

「也喜歡這套電視劇的男角。」
「我們也應該要去旅行。」
「我們也應該要養一隻狗。」
「我們也應該像電視劇裡的情侶一樣。」
「我們也應該要去海邊的別墅拍婚紗照。」

「我們沒有去過海邊，也沒有別墅。」

小木卻說：
「這些都跟我們無關。」
「這些都不是屬於我們的。」
「從來都不是屬於我們的。」
「因爲我們不是這種人。」
「因爲我們不是正常人。」
「沒有人是這樣正常的，沒有可能的，這些東西全部都是假的。」

「這些『正常人』只會在電視出現。」

「『不正常』才是『正常』的。」

洛妍只想像正常的女孩子般撒嬌，像正常女孩子想像未來的美好，可是小木的話使她情緒激動起來，投訴他的無情。她只是害怕他不愛自己了，卻不知道要說什麼，就低頭不語，看小木還有什麼要發表。而她也不能先開口，因爲正常的女孩子不會這樣做的。

「因爲人不是完美的，所以總有一點不正常吧。」小木覺得自己可能說錯話了，把話轉回來。

「我只是想要做那些情侶都會做的事，爲什麼你要說到去什麼正常不正常？」洛妍此刻沒想過要理會小木的想法和情緒，她得用所有辦法去捍衛自己。

「好吧我不再說了。」

小木怕自己再說下去就會有不幸的事發生。兩人便繼續在餐廳的角落看電話，看別人的故事，看世界想他們看的故事，說說笑笑，剛才的小小不快好像已經溜走。餐廳快將關門，父親要小木送洛妍回家，小木就帶著洛妍走到地鐵站，在入口處分別。

「女孩子呢，你要懂得哄她。」

小木回到家，父親開始教他對待女朋友的方法。

「我看你說話太少了。」

「女孩子都想聽甜言蜜語，都想要收到禮物。」

「女孩子都想人關心。」

「對待女孩子要細心。」

「總之你就要對她好。」

「互相愛護也是很重要。」

「你要學會照顧人。」

「你要學會付出。」

「你要顧及她的感受。」

「那爲什麼你會弄成這樣？」小木不想再聽了，父親也沒有再說話。

這晚小木在床上對著透出薄雲的月光望了很久。小木在十六歲快要結束的時候，終於發現那個女孩永遠不會屬於他——大概那個女孩是不存在的，而縱使那個女孩存在，那個女孩亦永遠不會愛他，因爲自己是不正常的。所有人都愛正常的人，小木亦如是，所以一路以來奮力去變正常，可惜正常的人好像並不存在。比起牽著別人的手，他更想被人牽著；比起抱著人，他更想被人抱著；比起照顧人，他更想依賴，他想有人對他完全的付出，而他就能夠完全地依賴。

小木在十六歲的時候，也終於發現原來他不是想要遇到心愛的那個女孩，而是要成爲那個想像中心愛的女孩，因爲他覺得只要成爲了女孩子就能得到一切的關愛，就能獲得所有他想要的東西。

電話又傳來震動，是洛妍給他的一段話：

很餓但我吃不下
很累但我睡不著
很痛但無法止痛

很多話要說但我不敢說
很多話要聽但又不敢聽
很多事要做但我不想做

埋在心底
因為你不想知道
你真的不想知道
你總不想知道
大概跟你無關
他的關心令我難受
你的絕情也令我難受

所有事都令我難受
你在但你不在

想得到你的同情和治療
這是我最真摯的話

# 城市簡史與你

「這是一座歷史悠久的都市，像世上其他地方一樣，在千萬年以前大概是一塊廣闊草原，或者是森林，甚或是一座山。就假設這裡原是個森林，那麼在遠古時的某年某日，一棵棵大樹立在其中就成爲了遠古城市裡一棟棟諾大的建築。大樹有樹枝、樹葉和果實；也有樹皮和樹根。支幹上有猴子、飛鳥和牠的巢；樹皮和樹根更有蟲子和螞蟻，更毋論覆蓋著泥土的枯葉底下，存在著不見光的生物。一頭饑餓的瘦虎踏在枯葉之上，發出咔嚓的聲響，每一步都可能殺傷這些不見光的生物，牠用盡最後的氣力爬到樹上，追擊無路可退的猴子。幾聲慘烈悲鳴過後緊接著肅殺的寧靜，猴子的同伴受驚跑了；鳥飛走了，鳥巢也掉到地上了。瘦虎咬住猴子屍體，一顛一簸，微小的軀體就化作老虎苟且偸生的養分，讓牠的性命卑微地延續。生生死死，一切動靜都化作爲森林的脈搏。在這個時期，縱使人類作爲其中一員，在叢林生物的生死循環之中，卻也至少享有脆弱的，天地所賦予的，與生俱來的自由。」

「直至某些天才橫空出世，發明了火與鐵器，使他們能夠擺脫所有危險，也能夠捕獵所有獵物，改造了森林的面貌，成爲了這片地方的主人。人類又帶來了以木或石材搭建的村落，刀耕火種，將大部分生物趕盡殺絕，只選擇一些品種作爲莊稼和家畜，而這些牲畜儘管可以繁衍，卻逃不過被割取的命運。這時候人類看似逐漸擺脫叢林的弱肉強食，大部份的人卻竟然都爲別人而勞動，像那些莊稼和家畜被割取，作爲奴隸和財物勞動至死，餓死，傷重而死，病死，或在主人間爭權奪利的戰爭中戰死。現在我們都說那個時期是黑暗，封建和野蠻，人到底也只像畜牲和莊稼一樣，終其一生被封禁在微小的田地，日出而作，日入而息，在廣闊的囚牢望天打卦。人的命運不是由上天主宰，就是由主人控制。諷刺的是他們卻爲自己生而爲人而感到慶幸，覺得自己至少比豢養的畜牲好過少許。技術的進步，使人類所擁有的資源亦愈豐富，可是對大部分人來說其實只是改變了囚禁的地方——由山洞到簡陋的木屋，再到由磚頭或石頭砌成，貌似更爲堅實的住所。」

「而「殘忍」可謂人類最大的特徵，殘殺同類也是人禽之別。控制人類的主人們爲了權力和窮奢極侈的欲望，在彈指之間就能將大把大把的奴隸趕上戰場，配上一些英雄故事，奴隸們之間的殘殺和死亡就微不足道了。技術和科學的進步，也使主人豢養奴隸的方法更有效率，他們首先禁止人們自由地居住，使他們別無選擇，另一方面爲他們建造密度越來越高的居所，就像工業化的農地和牧場裡的豬和雞在等同身體大小的空間內不停進食，這頭進食，另一頭就排泄。而比畜生更糟的是，大多數人還要爲他們這個狹小的空間負債，一生名正言順地爲主人工作。而教育制度就像在農地上所用的化學肥料一樣，非爲植物本身的生長繁衍以及多樣化而設，而是爲了主人所需的碩大果實，懷有目的地揠苗助長。他們教授學生語文、數學、科學，或者所謂的社會技能，爲的只是滿足主人的生產所需，而不是學生們自己成長和發展所需。主人們爲求穩定，更發明了法律規則道德等等的城市契約，就如牧場內的高牆圍欄，將所有人綁在這個地方；而警察的棒子和電擊棒，以及各種武器還有監控，就隨時準備要對付膽敢逃離的畜牲。於是高聳密集的建築，耀眼的燈光，交錯的道路和密密麻麻的人就成爲了現在的城市，最終取代了森林與村莊。動物們的吼叫聲也變成了公路上汽車無意義的呼嘯聲，一個二個人卻捂住了口不再發聲。」

「你明白嗎？其實就是這麼一回事，很簡單的。」

「你知道爲什麼人愈來愈長壽嗎？」

「因爲他們要你生產至死呀。」

「你以爲疫苗和抗生素不用錢嗎？」

「因爲他們要你提高生產呀。」

「你以爲眞的有所謂無形之手嗎？」

「因爲你看不到，就以爲不存在嗎？」

的士停定，乘客給了錢就趕忙下車了。

「每個人都不說話的。」

「他們當奴隸太久了，什麼都沒意見。」

「剛才那個人就像是自由放養的雞。」

「自以爲比其他雞幸福，卻忘記了牠的命運。」

「牠也只是頭雞。」

「可是我不會同意的。我是不能被馴服的，」

小鳥打算如果之後累了就睡在車上，或睡在那棟商場樓下廣闊的公園下，決不被那些他未有同意過的契約所束縛。

「可是上次警察就因此抓著我，今次會一樣嗎？」

「我會怕嗎？」

「還是回宿舍算了？」

「不過被關了不就更好？」

「不怕。」

「不怕。」

清晨五時，天應該要快亮，小鳥在燈位停住，抬頭望到附近兩旁一排排古舊而永不會倒下的大廈遮天閉月，覺得很煩厭，便打算回到宿舍附近，泊好的士就找個地方睡。他催下油門繼續在街道奔馳，穿越了幾條大道直到駛到某個綠燈處便遇到了一個目光呆滯的人，正是小木。小木在行人紅燈亮起仍然若無其事地橫過馬路，而隨著小鳥的士靠近他仍然在慢慢走著，精神似乎有點恍惚，小鳥惟有在撞到他之前停下。

「這是一頭壞雞。肯定是壞掉了。」小鳥在車內望著恍惚的小木，打開車窗正要破口大罵，小木突然對著小鳥揮手，徑自登上的士咕嚕說了一句：「果然人比車厲害呀。」

「什麼？」小鳥張大雙眼，收起了正要說出的髒話，搞不清楚這位乘客到底想怎樣。

「隨處去吧。」

「去哪裡？」

「隨處去吧。」

小鳥安靜地想了一會然後開車，繼續說他憤世嫉俗的言論。

小木軟癱在坐位上，車外的街燈一明一暗，一黃一白。他閉上雙眼，看到球賽來到尾聲，這是最後一次進攻機會，場外的教練大聲說著一連串以暗號組成的戰術，場內的隊友則在中央排列整齊，熟練地打起誇張而熟悉的手勢，而小木在自己的位置上流汗喘息，腦袋再次關閉，不論是觀衆的歡呼聲，或是隊友的提示，他全都聽不進去。

「明明這些戰術我都聽過好多次。」

「可是爲什麼這個時候我卻什麼都想不起？走右還是走右？要穿過隊友還是要繞過對方？」

「所有人都知道要做什麼嗎？」

「還是他們都只是在裝懂？」

「爲什麼球賽都還未開始我就這麼累？」

「爲什麼我的汗一直流？」

「還未開始我就已經想要離開，還未開始我就已經想要輸了。」

「球最好不要給我，不要給我，不要給我」

「不要給我，不要給我，不要給我，不要給我，不要給我，不要給我，不要給我。」

「不要給我，不要給我，不要給我，不要給我。」

「不要給我，不要給我。」

「我看到他們剛剛瞄了我一下。」

「他們的眼神竟然如此堅定，這球看來要給我了。」

「他們又在瞄我了。」

「眞的要給我了。」

「畢竟我們都一起練了一年的球，而且我跑得很快。」

「待會我立刻往對方人群裡跑，他們就不會傳給我了。」

「準備！」

「準備！」

哨子聲響起，隊友瞬卽在球場中心開了球，小木沒有猶豫，立刻跑到中央去，隊友慌了，對手也慌了，沒有及時應對，竟然讓小木走到了空位。

「這混蛋！」

「他在做什麼？」

「7號！7號！攔住7號！」

「7號？我？爲什麼要攔住7號？爲什麼要攔住我？」

「你們沒病嗎？不要追我呀！」

「小木有空位呀！」

「小木！給小木！」

「這混蛋要不是個白痴，就是個天才。但我肯定我是最棒的傳球手。」

小木望向天空，球已經在燈光下急速旋轉飛向自己。其實未待有人提醒，傳球手早已把球傳向小木，而隊友和對手這時才開始反應過來，全都衝向小木。幾個隊友接連漂亮地阻擋了對手的擒抱，球越飛越近，那個傳球軌道卻原來非常刁鑽。

「不要緊，快要結束了，我跳起來接球就是了。」

「要麼接到，要麼接不到。」

小木緊盯著球，舉手跳起，迎向飛奔而來的球，兩股衝擊卻在此時從前後而來，小木在下一個瞬間已經在地上被人馬疊著。他看不到球，看不到時鐘，也看不到球場上的燈，耳邊一片吵雜，眼前一片昏暗。

「完了吧？不要緊了。」

的士愈駛愈遠，愈變愈小，然後公路某處發出巨響——小木和小鳥一臉鮮血，倒在座位上失去意識，的士車頭嵌入去燈柱冒出黑煙，燈柱被撞歪，路燈閃爍了一會然後就熄滅了。

# 罪犯的條件

「你們誰是負責人？我們要去保安室。」

十幾個蒙著臉的人走到大堂，引起一陣騷動，他們有些人穿著綠色和白色的制服，有些則只穿便服。

「你們是……？」

保安員心虛地問他們。

「你看了還不知道？」

「你是在玩我們嗎？吓？」

「快點呀？」

「你是不是負責人呀？」

「你不能話事就找一個可以的人來呀。」

「不要擔心，我們是來辦事的，大家行個方便。」

蒙面人七嘴八舌，一些在指罵保安員，一些則在安撫他。

「好好好，我立刻打電話給組長。」保安員的心愈來愈慌，心忙腳亂地拿起電話。

「什麼事？」組長一如既往的不耐煩，聽罷保安員的說明，他的聲音由不耐煩轉爲焦急，卻不忘撇淸自己的責任。

「唉，你，唉，你搞出了什麼事？你記得規矩和條例嗎？」

「記得……要登記來訪人士的資料，無論對方是誰，如果是執法人員則需要核對證件……」

「那你記得還來問我？你根本就知道怎樣做？是不是？是不是要推卸責任？是不是要帶麻煩給我？爲什麼要給我帶來這樣的麻煩？哎呀，想安樂一點也不行，你總是要帶麻煩給我，總是要推卸責任。我不管，規則我一早已經告訴你，你看這個訓練記錄，你是簽了名的，你不要抵賴。」

「可是……」

「我不管，你自己處理。」

「可是……」

「我不管。」說完組長就收了線。保安員拿著聽筒，焦急地考慮著應對方法。

「我的組長說規矩是要你們出示證件登記……」保安員想不出什麼，只能覆述組長的話。

「你是不是玩我們呀！」一名穿便衣的人憤怒地拍打台面，另一名穿白色制服的人拍一下他的手臂，示意他冷靜下來，然後對保安員說道：

「明白的，大家都是工作，我不想要你難做，你也不要我難做，登記是不是？在哪裡登記？」

保安員聽罷一臉感恩和舒緩，拿出了登記名冊，穿著白衣制服的人也拿出了筆，在名冊上書寫過後，便要保安員帶路去保安室。然而保安員一看名冊上的四個大字——「執法人員」，又再次呆在當場。

「日期時間你自己寫吧，快點帶路。」

「這……」

「你再不合作我們不客氣了。你不要敬酒不飲飲罰酒。」白色制服人的眼神開始變狠。

「我現在剛好要去保安室，而它就在我身後面的走廊，我需要用匙卡打開第一度門，然後再用匙卡打開另一度門，保安室就在你們的眼前了。」保安員的聲線也開始顫抖，卻以爲這樣說就可以顧全大局。

「你不要那麼多廢話，開門你就開門。」

「是的是的，現在我剛好要去保安室了。」

保安員再不敢怠慢，急步走去開門。他心裡說服自己——我沒有帶人進去，我沒有拒絕任何人，也沒有破壞規距。只是我剛好進保安室，他們自己要跟來，與我何干呢？

保安員推開保安室大門，赫見組長已經一幅準備就緒的模樣，堆起了幹練的笑容，問道：

「請問幾位是誰呢？這裡是保安室，有什麼可以幫到各位呢？」

組長的明知故問似乎想爲自己與事件劃清界線，卻又再惹怒了其中一位執法人員。

「你們是否還要玩？這個保安剛不就已經告訴了你嗎？」

「哦是嗎？很抱歉。我沒有收到明確的通知，可能我們溝通上有點問題。但我相信保安員已經為你們做好登記是吧？那麼有什麼可以幫到各位呢？」

「我們要拿走前晚大樓門口，到電梯大堂，再到十樓這個辦公室的閉路電視錄影。」

「這樣呀……好的，保安員你把錄影拿出來。」組長一邊用手勢指使保安員，轉個頭又換上幹練的笑容小心翼翼地詢問一行便衣與制服人員：

「對對對，各位先生，我明白大家都是工作需要，但請問你們能給我看看搜查令留個記錄？這樣大家好交待。」

其中一個便衣人員走上去就打了組長一巴掌，組長還未反應過來，又被打了另一巴掌，將他打倒在地。便衣人員並未有放過他，再一腳腳踢向他的腹部。組長沒有想過會發展成這樣，蜷縮在地上發出痛苦的呻吟。

「不要……呀……不要打了，明白了明白了，全照你的意思去做……保安員你快去拿給他們看呀，你還在做什麼？」

拳腳暫停，所有人都望著保安員，可是他卻背對著眾人呆在當場。

「沒有了……已經找不到了……我已經把它們都……」保安員回答。

「你說什麼？」白衣制服人員難以置信。

「找不到那些錄像了……」

保安員一臉冷汗和恐懼，幾乎發不出聲響。幾個便衣人見狀連保安員也打倒在地，然後又對二人一輪毆打。兩人在地上哭喊道與他們無關，眾人卻不理會繼續毆打，直至白衣人舉手示意他們停止。

「你們繼續找，這兩個人帶回去再說。」

兩個保安各被扣上手扣帶離大廈，再被推上一輛小型貨車。

「我們上十樓。」

白衣人指示餘下的人員隨他登上電梯去十樓，一行人蒙著臉浩浩蕩蕩，旁人都被嚇到，自動讓路給他們，不敢聲張。

「這裡誰是負責人？」

一行人到達小花的辦公室，甫打開辦公室大門，白衣人便大聲斥喝。

「什麼事？」經理從房內出來，神態卻並不慌張。

「我們要查案，有些問題要問你。」

白衣人經過剛剛的保安室事件，更加失去了耐性，開口就直達主題。

小花在座位上跟其他同事一樣探頭觀望，細聲議論，只見經理也不慌不忙地跟那些人回應，他們隨後多談幾句，表情語調漸漸變得輕鬆，然後更互拍肩背握起手來。然而經理在交談途中突然指向小花，辦公室裡所有人就一同望向她，氣氛又再緊張起來，然後眾白衣人走近小花，幾近要將她包圍起來。

「你是不是小花？」

「……是。」

「昨天晚上你是不是最後一個離開的？」

「應該是……但我不肯定。」

「是？還是不是？」

審問原來已經開始，她知道所有人都在看著她，可是當小花四處張望以眼神求援，卻發現所有人都在迴避自己的眼神。昨天摸她頭的男同事別過頭來；旁邊同事隔著檔板也沒有露面；經理也在手指以後邊看著電話邊走回他的房間，頭也不回就關上了門。審問她的人步步進迫，漸漸將她和外界隔絕，小花也漸漸看不到周圍的景物，眼淚自顧流了下來。旁人不知道小花並不懼怕審問，也不怕惡言和未知的後果。她的眼淚來自於失去了她以爲應有的關愛，和周圍的冷漠。小花渴望有人能夠爲她挺身而出，或者只是一句問候，甚至只是一個關切和同情的眼神，在此刻都好像能夠將她救贖。

「你是不是……？」

「不是……」

「你有沒有……？」

「沒有……」

「你是不是……？」

「不是……」

「你……」

「我……」

「你……」

「你……」

「你……」

「你……」

「差不多了，別浪費時間了。」

白衣人一揮手，同行的人爲小花帶上手扣帶走了淚流不停的她。辦公室裡的人鬆一口氣，開懷歡笑，開始交頭接耳，討論剛才發生的事。男同事一手拿著杯子，另一手搭著年輕女同事的肩膀，說了幾句笑話，逗得她低頭掩嘴而笑；旁邊的同事飛快地扣著鍵盤，全神灌注，要追回剛剛浪費掉的些許時間；經理在房內打開抽屜拿起一份文件，一臉不解地望著，隨後又把它放回原位，站起來不斷打電話。

# 路邊的小花

## 病情一

「先生，你知道這裡是哪裡嗎？」

「什麼？」

「你叫什麼名字？」

「你猜一猜？」

身邊幾個人一路抹走小鳥臉上的血跡，血卻一直滲出來。新舊血跡相重疊，也蓋不住小鳥的笑容。小鳥咳了一聲，把嘴裡凝成膠的一塊血吐出來，一些血沫卻噴到替他抹臉的人身上。

「他的昏迷指數下降，言語不清，行爲錯亂，先把他綁住吧。」那個被噴到血的人一臉不悅，下達了綁住小鳥的指示。

「什麼？你說我精神有問題？你這個白癡……」

小鳥想掙脫束縛，離開病床。

「快把他綁住。」

幾個人隨即把他按住，然後又有幾個人爲小鳥扣上手帶和腳帶。

「你老母，深夜駕的士還要撞車，嫌我們不夠忙嗎？爲什麼不直接就去死？」

「不就是嗎？害我們現在沒得休息了。」

「駕的士的還沒有牌照，連身份證都沒有？」

「那個乘客眞慘，上了一輛黑的。」

「最慘的是我們呀！」

「對對對，最慘是我們，浪費這麼多的精力去救這種人。」

「問多你一次，你叫什麼名字呀？」

「小鳥……」

「小鳥？會飛就不要開車啦，算了，幫他打鎮靜劑吧？」

「另一個傷者怎樣？」

「好像……」

「血壓……」

「好吧……」

「他們……」

一顆明亮的燈照在小鳥眼前，戴著口罩的頭和戴著手套的幾雙手在光的外圍閃來閃去，最後都被光吞噬，剩下無可抵抗的光明，或是無可抵抗的黑暗。小鳥昏倒在床上，幾個人將病床推離急救室，打開一道道門，又關上一道道門，不知送往何處。

## 病情二

「你算幸運了。」

「其他人都比你嚴重。」

戴著口罩的藍衣人一邊寫著記錄，一邊指著旁邊病床。

如藍衣人所說，一轉過頭，旁邊那個人幾乎全身都包紮著，一動不動似是奄奄一息。

「黃小花，你的手臂沒有大礙，石膏再過幾天就可以拆了。」

「我的下體仍然很痛……」

「我不管這些的，精神科待會會看你的精神問題，你跟他說吧。」沒待小花說完，藍衣人說罷便馬上離去。

小花深呼吸一口氣，胸口的痛楚也提醒了她身體的其他痛處。她拉開薄袍，望向乳房上幾處指痕，還有腹部、雙手和雙腿的瘀青。她的頸、額頭和眼窩似乎也腫起了一塊，她想如果現在有一面鏡子，究竟會映出一張怎樣的臉呢？她想翻身但不經意磨擦到陰部和肛門的傷口，一陣刺痛讓她流出了眼淚和鼻涕，而她只把那些眼淚和鼻涕抹在枕頭上，就振作過來。

「我可以尋找不痛的地方。到底哪處不痛呢？」

「如果太難找，不如先睡一覺？如果太痛，不如先吃一些止痛藥？」

「所以現在是時候要吃止痛藥了。」

小花隨手在被窩中尋找呼喚人的按鈕，按了幾下也沒有人來。正當小花打算要對外面喊，又有一陣腳步聲從遠而近傳來，然後三個穿著白色袍的人走到小花的床尾，其中一人趕忙拉上了床簾。

「你是小花？」

「是。」

領頭的女人核對了小花頭頂上的床號就開始向她發問，連同她身後的兩人，三人手上都拿著紙筆認眞地準備記錄。小花不想移動身體，只用眼神對著他們，同時心想爲什麼這些人總是成群地出現。

「我們是精神科來看你的，你今日覺得怎樣？」領頭的人語氣溫和地再問，但三人沒有被口罩遮著的眼卻死盯著小花，像是在告誡她要小心回應每句說話。

「我的身體很多地方都很痛。」小花回答。

「究竟他們有多關心我的問題呢？希望他們眞的會關心我。」小花心想。

領頭女人單獨走近小花，搬來一張椅子在床邊坐下，再俯下身在她耳邊不遠處說：「這是骨科的問題，我待會幫你轉達。我現在想問，你說過你被穿制服的人囚禁，毆打和強姦，是嗎？」

女人溫柔而又充滿同情的語調，使小花再次流淚，她的心被這種感動掩沒，低著頭又不斷點頭，用床單抹去又再流出的眼淚，剛好令她看不到這個女人正不悅地向床尾的隨從打眼色。床尾兩人此時才開始用筆猛地在筆記書寫，而製造出的聲音又使小花從感動中回一回神。

「他們這樣做。你相信嗎？」

小花向那女人發問，又怯弱地逃避她的視線。

「我明白你說的話，但不如待你情緒平復之後我們就開始觀察事實？」白袍女人堅定地回答，語調無比平和。

「我已經跟他們說過了，我什麼都不知道，我只在電梯裡碰到過一個男人……」

「根據警方的說法，他們邀請你協助調查，完成後你便離開了，期間他們絕對沒有對任何人使用暴力，更沒有你所說的強姦事件。爲什麼你要這樣說呢？」

「他們兩個人按著我的雙手……」

「這不是現實。」

「另外一個人……」

「這不是事實。」

「爲什麼不是事實呢？這些都是我的經歷，我所遭受的。」

「錄影片段很清楚，沒有你所講的暴力事件。」

「什麼？」

「我們不如來談一下爲什麼你會覺得自己遭受到這些經歷？你知道自己看到的不是眞實的嗎？你知道你所經歷的都不是眞實的嗎？」

「我的手和腳，我的胸口和背，我的頭和下體，都不是眞實的嗎？」

「我之前都說過，這是骨科的問題，現在是談精神科的問題。我們繼續精神科的問題吧。」

小花無語，剩下白袍女子一個人說話。

## 拒絕醫療建議下自動離院

幾星期後一個晚上，病房燈半關，除了小花和白袍女人的零碎談話聲及書寫聲，只有監察機器的鳴叫聲，還有某些病人在床上轉動時與床單磨擦時所發出的虛弱的聲音。窗簾外的天色漸暗，電視機的聲音漸大，書寫的聲音驟停，白袍女人終於離開。

「他們總喜歡三五成群。」那個全身包紮著的病人這時候突然說道。小花望向隔離病床，少許眼淚和鼻涕仍在臉上。

「因爲他們心虛，而且都是廢物，一個人就會怕，兩三個人在一起才能壯起膽來。」

他面上的紗布隨嘴唇上下移動，小花看這情景有點好笑，覺得這個全身紗布的人沒有之前看起來那麼慘，但她片刻過後卻更自憐，眼淚和鼻涕又再滲出來。

「好呀，很舒服。」

「流出來就舒服了，把它們都流出來。」紗布人緩緩轉頭望向小花，扭曲了頸套，似是在笑。小花對上了從紗布狹縫中流露出來溫柔而又堅定的眼神，分散了她想哭的精神。

「怎麼又不哭了？流出來多好？」紗布人把頭又緩緩轉回去，將扭曲的頸套拉直，望向遠方，眼神由溫柔變爲嚮往。

小花盯著他，極期待他接下來要說的話。可是紗布人張口半開卻不發一言，舌頭上下擺動了一會，才突然咳出了一堆血痰，再用左手上的紗布把它抹走。

「咳，啊，啊，啊，哈，哈，哈，哈，哈，哈，咳，咳，咳，咳，咳。舒服了。」

「舒服了，流出來就舒服了。」

「你知道嗎，液體從人體出來都是舒服的，流血都是舒服，只是通常都有點痛。」

「哈哈哈哈哈哈，啊，咳，咳，咳，咳。」他再次把血吐出，抹在右手的紗布上，然後把手臂上染血的紗布和敷料拿走，露出結疤的傷口。

「走了。」

他一邊除去身體的紗布，一邊撐起上身，再從床邊的小櫃拿自己的衣服緩緩更換，再收拾自己的物件。小花忘記了痛楚和無助，只想繼續聽那些似是未完的話，不想他離去。小花唇在抖，手也在抖，但又沒有可以留住他的話。

「你去哪裡？」直至那個人要穿鞋，小花才衝口而出。

「還未想好。」

「你要一起走嗎？」

小花沒料到他如此提問，再次陷入沉默。那個人也沒有追問，整理起衣服來，最後拆走繞在臉上的紗布。

「究竟要包多少紗布？」紗布人自言自語道。

「你叫什麼名字？」小花問。

「小鳥。」小鳥把臉上的紗布都拆下來掉在床上，他背著小花，轉向病房門口準備邁出第一步。

# 父親的話——心弱

「你需要保持健康。」
「多喝水。」
「多運動。」
「多想正面的事，多睡。」

「我的意思是，多想正面的事就能夠多睡。」
「游水比跑步好，跑得太多你的關節受不了。」
「游水能散熱，跑步會中暑。」
「你的近視很深？」
「買一個有度數的泳鏡就可以了。」
「不要游一會就放棄，堅持才可以。」

「當然也不要勉強自己，這樣身體會撐不住，最重要是取得平衡。」

「這又叫做中庸之道。」

「哈哈，沒錯，就是中庸，你知道什麼叫中庸嗎？」

「你長大後就會明白，隨著經驗你會慢慢知道什麼應該做，什麼不應該做。」

「你還小，不會明白的。」

「你要學的還有太多了。」

「什麼？不會游水？那你就要去學。」

「不懂就要去學。」

「你知道嗎？」

「不要怕。」

「眞的不要怕。」

「怕就學不會，所以還是靠你自己。」

「健康也是要靠你自己。」

「作息要健康，運動也要健康。」

「你知道嗎？」

「獅子就是會推自己的子女往懸崖深淵，這樣牠們才會求生，才會強壯。」

「人也是一樣。」

「不要怕，跳下水就可以了。」

「飲兩口水就學會了，我就是這樣。」

「本能呀。你知道嗎？」

「沒有什麼好去學的，我也無需要教你。」

「這還需要人教的嗎？」

「人性就是如此。」

「我都跟你說過了，這些事情我一直都有教你。」

「飲食都要健康？我都跟你說過了，這不是最重要的。」

「最重要是你的心態。」

「這些油沒有問題的，總之是沒有問題。」

「來，這碗給四號桌。」

小木接過油膩的湯麵，從廚房端到某年長客人的桌前。

「很乖呀小少爺，將來就你是老闆了。」

「說說就好，他還有大把東西要學。」

小木從蒸氣彌漫的廚房中，看到父親的笑容，覺得這未嘗不是一件好事。他喜歡看到父親的笑容，他幻想著，將來父親看著自己拿著鑊剷的樣子是有多高興。

「好呀子承父業呀，哈哈哈。」

「遲點吧，現在他還太弱了，未到家。」

「不是呀，你看少爺已經很熟手了，每樣都懂。」

「他是心弱。他的心還是很弱。」

對話在幾句恭維說話後結束，當時的小木只看到父親面目上的欣慰，而現在小木回想起來，才覺得那位食客的笑臉和笑語好像都十分陰險。

「究竟我在做什麼呢？」小木拿著香菸的手淌著血，慢慢沿公路的路燈走回城市。

「究竟我在做什麼呢？」

「究竟我在做什麼呢？」

「究竟我在做什麼呢？」

他拿起電話按下一串數碼，拿到耳邊等待回音。

「喂。」

「你在哪裡？」

# 上帝已死

「我應該要去日本旅遊？還是去歐洲？」

「或者我應該要養一頭小狗。」

「要買這種類型的外套。」

「我應該像電視劇裡的女主角一樣，被一個男人浪漫地追求，獲得他的愛和任何美麗稀缺的物質。我要給予他考驗，讓他受挫折。」

「因爲他仍然會繼續愛我，最後我就會備受感動，而那個男人就會一直照顧我，提供我所有的需要。」

「但世事不會那麼好的，女人總是會失望，男人總是令人失望，得不到最好，我就應該退而求其次，找一個沒有那麼浪漫，沒有那麼多才華，沒有那麼多物質的男人，就像我的大學同學一樣。我應該學她。」

「不過還是要給他考驗，甚至是更大的考驗，因爲他沒有那麼好，就必須要更加的愛我。」

「這是很正常的。正常人都要有所追求。而正常人都要追求這些。」

「但我剛剛如此拒絕那個男人又是否正常？」

「正常的做法是這樣嗎？」

「正常的做法會不會是像那個女人一樣，對男人笑，然後用手碰他，然後讓他請我吃飯？」

「還是給他一個難看的臉色，配搭難聽的言語？」

「那個女人會怎樣做？」

「我要去學她嗎？」

「正常人在這種時候應該有何反應？」

晚上回到家，洛妍盡量去想別的，她不禁回想，卻不敢回想午飯時看到小木的一幕。離開小木以後，她原以爲自己一輩子都不會再看到這個人，但十年以後的今日她和小木的確又再相遇，証明了江湖是個汪洋大海，也是一個魚缸，不過水卻還是那些水，鹹的苦的，也沒多沒少。這是一個循環——孤獨止於相忘，是因爲魚善忘，忘記了彼此以後又忘記了孤獨，結果魚在短暫的相忘以後，轉個角又再發現孤獨。孤獨從來都沒有忘記魚，它像一顆刺進皮膚的針，以痛苦去提醒魚。

「喂。」思緒間洛妍的電話在手袋裡響起，螢幕顯示小木來電，她拿起電話就聽。

善忘使這個城市的人快樂，可是也使他們忘記掉傷害他們的事，忘記掉深刻的痛楚和教訓。所以歷史總是重演——相遇相食相忘、孤獨和痛苦，在這城市中無止盡地回播。當然城市中又有少許不一樣的人，像現在的洛妍，她記著好多事，尤其是使她痛苦的事。她甚至不能自拔，甚至喜歡上痛苦，像一枚燈蛾撲火。她記得小木，當然也記得離別和背叛，但她與小木通話後小木的話以後又覺得豁然開朗。她感覺自己無論如何都快要離開了，於是麻利地在鍵盤打上辭職信，而且很快就寄了電郵。

這夜她像十年前一樣守在家中，只穿一件背心，伏在窗邊凝望窗外的街道等候小木。雨又愈來愈大，把街道沖刷得發亮，洗走悶熱，也洗走了種種污垢，使洛妍十分滿意。雨水在窗外打散成爲微小的水點，一顆顆附在玻璃窗上，使它反映不到洛妍有點歪的鼻和嘴，卻使對面大廈每戶的燈光都像一個個發光的雪糕。她把嘴唇貼到窗上親吻這些雪糕，然後用舌頭輕舔，感覺有點涼。洛妍將臉移開，看到街外樓下一個男人疲累地慢慢往自己的方向走來，她知道那個人就是小木了。

這裡的書本流傳著這個城市光輝的歷史，但跟城市的輝煌相反，歷史從不會提及這裡陰鬱卑微的人們，而只能在零星小說與口耳相傳的鬼神故事裡看到他們曾經存在的些微證據。而他們的本質就是奴隸——聽從社會的指令，做一樣的工，看一樣的廣告，聽一樣的歌，感受一樣的娛樂。大部份人各安天命，卑微地活過來，陰鬱地死去，將身份傳到自己的兒女，一代接一代做各種無用功，爲社會盡力，又成爲一個循環，或輪迴。

從僅餘的歷史痕跡來看，這城市絕大多數人世代都選擇了墜入循環，爲這旋渦加添助力。於是乎這個城市的人可謂都是順從的後代，或叫做懦夫的後代，他們自然帶有懦弱退縮的基因。雖然凡事總有例外，總有離經叛道的人去流血汗，但歷史又總會再將他們抹殺。明顯地，城市裡的人沒有傳承前人克服恐懼、抵禦壓迫的勇氣，卻只繼承了善忘的基因，結果在現世中，勇敢的基因就比懦弱的基因少許多，順從的人看起來過得和平安逸，勇敢的人卻苟且偷安。

對於如此景象，曾經有哲學家問到，如果讓這些人再次選擇，他們的行爲會否有所不同？他們會否再做一樣的工，看一樣的廣告，聽一樣的歌？又會否向似是而非的天命作出反抗？當然這些是假設問題，作爲一個人類個體自然只能作一次選擇，但作爲人類整體，他們大致上都算是一次又一次地選擇了相同的選擇，當千百次選擇都歸向了同一個答案，又如何能夠出錯？在這個城市，千百年來歌頌弱者，鼓舞弱者，製造弱者，作爲大多數的他們又如何不會成爲正義？

洛妍沒有空閒想這些深奧又遙遠的問題，卻又面對類似的困境。她這晚再次迎接小木，救贖了這個人好像就是救贖了自己。小木此刻躺在洛妍的床上與洛妍擠在一起，房間外傳來洛妍家人的漫罵聲，他們都沒有理會。洛妍一邊跟小木對望，一邊神經兮兮地用毛巾抹走他面上的血漬。

「我自己來吧。」

小木一隻手抓著毛巾，另一隻手抓著洛妍的手，嘴唇就吻了下去。小木閉眼，洛妍開眼，迎著小木的吻，覺得有一點血腥味。

「你喜歡我嗎？」

「你喜歡男人還是女人？」

「你爲什麼要離去？」

洛妍想了想，把這些問題吞到肚子裡去，然後沉思良久，還是問了一句：

「你不會再離開我吧？」

小木放下毛巾抱著洛妍，他太累，不想說些什麼就睡著了。洛妍卻害怕他再次在自己眼前消失，就一直望著小木，直至深夜。

洛妍的膊頭被小木的手壓得發麻，但她沒有動，她甚至有點喜歡這種不適。她可能在追求痛苦，因爲痛苦使她安心，像一條咬住魚餌的魚，刺穿的痛楚永遠壓抑不住咀嚼的快感。洛妍再次選擇投向小木的懷抱，這像是一個選擇，卻又算是「命中注定」。一生拼命前游，可能魚就是爲了被釣起而活呢？

人喜歡回憶，因爲回憶可以選擇，現實不能選擇。以前洛妍會花一整晚想他的壞，這晚她卻花一晚想他的好。她記得小木第一次離開的時候，洛妍傷心又憤怒過，但最終都爲他找到一些理由，例如他一定要去愛一個男人，而非一個女人；或是他父親的阻撓；又可能他碰到了很多煩惱，於是鑽牛角尖。他是無可奈何的，這是無可奈何的，絕對是命運使然。她的愛有一半是來自腦海無緣由的想像，另一半則緣於她那無法觸碰，又無可證明的靈魂。既然人無法控制上帝決定的事，她只能控制自己卑微的思想，扭轉任何不幸。而洛妍爲小木擅自作出解釋，就像小木擅自親近，又擅自離開，擅自離開了，又擅自回來，擅自傷她的心，又擅自受傷。洛妍不知道小木閉著眼，亦陪她無眠。

別要離開我

就算星星太陽月亮離開我
就算花草樹木落葉避開我
就算清風細雨薄霧從未滋養我

小木迷糊半醒之間，在已沉睡的洛妍耳邊吟起一些話，不知道她聽到多少，然後又睡過去了。一夜過去，待他被窗外透進的光芒刺醒時，就看到洛妍正在打扮，身旁還有兩袋行李，一大一小，門外的咒罵聲也未有停過。

「他們在罵什麼？」

「他們什麼都罵。」

「我們要走了嗎？」

「差不多了。你要先洗個澡嗎？」

「好呀。」

小木這才想起自己的身體和衣服仍然沾了不少泥巴和血漬，脫光衣服後就走進了浴室，打開花灑。

# 鐵的味道，花的味道

小鳥聽到小花的回答，就轉過頭站在病格門口等著小花。小花在床上拔掉手上的注射口，換過衣服，穿上鞋子，將所有物品抓到膠袋，然後下床經過藥車，又把止痛藥和其他不知名的藥都裝到膠袋，然後見護士站無人，就跟小鳥攝手攝腳離開病房，走到空曠廣闊的升降機大堂。升降機大堂一片寂靜，只有微弱的空調聲。小鳥隨手按了升降機按鈕，望著顯示屏上的紅字如走馬燈般流動。

「八部升降機，卻全在地下待命。沒有一部在這層等我們。」小鳥說。

「八部升降機，在我們來之前也沒有一個人在這層等它們呀。」小花如是說。

「對呀。」小鳥突然覺得她有點有趣。

叮的一聲，他們幾乎在大堂原地轉了一圈才找到開門的那一道升降機，然後走了進去，又用手指在升降機面板前繞了一圈才找到地下的按鈕。

「我們要去哪裡？」

「你來幫我吧。」

「好呀。」

「要幫你做什麼？還有你怎樣受傷的？傷勢嚴重嗎？」

「做任務呀，任務還未完成。我的傷也算是做任務時造成的。」

「那究竟是什麼任務？我如何幫你？」

「我要先聯絡，現在還未能告訴你。」

小花忍不住開口對小鳥發問去核對心中的答案，小花隨口問，小鳥隨口就答。他們沒有目的地，也沒有迫切要做的事。而問答過後，她始終也是對小鳥一無所知，卻又似乎已心中有數。這一刻，小花其實只想跟著這個人，去哪裡都好。小鳥其實也沒有要做什麼，做什麼都好。兩人乘著夜色，經過醫院地下空無一人的警崗就走出自動門，漸行漸遠。兩人走著走著，走到了一個天橋下的大公園。公園裡泛黃的燈照出了樹木的外殼，還有它們底下捲縮著的一個個流浪漢，每個人都被著一塊布或紙皮。當小鳥和小花向他們愈走愈近，一股酸臭味愈濃。一直到小花突然停了下來，拉著小鳥的手臂，抬頭露出了難受的表情。小鳥想了想才帶小花走到公園中另一個角落，遠離了流浪漢們。而他這樣做並不是爲了自己的舒適，而是爲了不打擾到流浪者們的安逸。

「我們今晚要在這裡睡覺嗎？」

「你還不知道嗎？」

「那邊是公廁，不過淋浴間應該關了。」

小花對著小鳥所指的方向一看，看到了公廁，還有它上面的一個小鐘樓，原來現在已是午夜一時。於是小花就走進公廁梳洗，打開水龍頭將水潑到臉上。她已經有一個多星期沒有照鏡，現在抬頭看到鏡中的自己，覺得又沒有想像中糟。眼窩下的瘀青雖然痛，也像快要褪去。小花用衣袖抹乾了臉，用手指梳好頭髮，把頭髮用橡筋紮好後走出公廁，發現小鳥正在搭建一個露營帳幕。

「你從哪裡找來的？我們今晚就睡在這裡？」小花又再明知故問。

「來，扶著這裡。」小鳥沒有回答，卻叫小花來幫忙。

雖然小花心裡又有大串問題，但她不想再被小鳥無視，所以把問題都吞回肚子，按小鳥的指示搭好帳幕，將雜物放進去。

「進來吧。」小鳥把一盞露營燈開著掛在帳幕裡，用手掀開帳幕。

「吓？要睡了嗎？」

「你什麼都知道，卻什麼都要問。」

小花什麼都問，卻什麼都照小鳥的意思去做。她在帳幕的入口脫了一隻鞋就被小鳥喝住。

「你把東西放到外邊，三十分鐘就不見了。」

小花聽罷脫掉另一隻鞋，再把兩隻鞋都拿回帳幕裡。

「你知道這個城市的歷史嗎？」

「什麼歷史？」

「這個城的人都不知道歷史。」

「什麼歷史？」

小花終於感到不悅，但小鳥卻沒有察覺，仍舊在帳幕裡滔滔不絕，說起他那一套城市簡史。小花抱膝坐在角落，望著小鳥的眼睛聽他新奇的理論。而小鳥也很開心，因爲很少人會專心聽自己講話，所以他一興奮，不知不覺又說了半個多小時。小花聽得有點累，慢慢躺在小鳥旁邊，雙眼迷糊地看著頭上露營燈。

「你知道『人』是什麼嗎？」小鳥問，然後小花搖搖頭。

「人們忘記了歷史以後又忘記了文字，更不用說文字在這個城市裡的來源和演化。就像『人』，發明這個字的人在想什麼？在他的眼中，『人』只是個兩條腿走路的東西，而人之所以被寫作『人』，就是方便發明者去呼喊這些『人』。這些可憐的兩腳東西，大概在剛發明這個詞語時，還未有自身作爲一個自由人的概念。『人』的發明，是源於某個聰明過頭的人，開始動腦子去勞役他身邊的可憐蠢材，就以『人』去稱呼他們了。」

「你覺得我們現在還是這樣嗎？」

「不，我們愈來愈差了。」

小花隨意地問，引來小鳥認眞的答案。小鳥也躺在小花旁邊，指著帳幕的燈說：

「然後他們刺穿『人』的眼睛，使人成爲了『民』。『民』看不到光，沒有了反抗逃離的能力，只能依從主子所有的命令，爲他們做牛做馬，最終更失去反抗的意志。我就一早說過了，不會反抗的『人』，和牲畜是一樣的。但總有些特別的人，即使如此都不工作，不爲主子生產，甚至會反抗。於是又出現了『勞』。」

「奴？」

「不，是被火燒的『勞』，他們是被兩把火迫著出力的人，壓迫產生反抗，反抗就產生更多的壓迫，所以火不止一把，更是有兩把。」

「可是我們現在不是『民』也不是『勞』，只是兩條露宿的可憐蟲，幸運地飛進這個有燈照亮的帳幕。」小花學小鳥舉手指著燈。

「對，這是我們臨時的家。」小鳥轉頭望著小花開心地笑了。

「『家』是什麼?就是屋頂下有一家。所以我們都是豬呀。哈哈哈哈哈哈哈。」

小鳥繼續大笑。

「你知道人類和牲畜到底有多相似嗎?我來告訴你。我們被馴養，被教導去生產，最後生產直到死去，連葬生之地都被規劃，都要自己出錢。更厲害的是，我們自動地交付貸款和稅金，就像是割取自己身上的肉給主人，不費他一點力，我們簡直是最好的牲畜。」

小鳥一番理論，但其實小花在聽到小鳥說這是他們的家後就已經沒有聽入耳，他的聲音對小花來說只代表了他的存在，她很累，卻有一種奇怪的溫暖感覺。她把身子轉向小鳥，埋在他的胸口，將手臂放在小鳥身上，她嗅到有點熟悉的氣味，覺得好像不久之前才嗅過。小鳥也不再說話，把燈關掉，抱著小花，也嗅著她的頭髮。再慢慢脫去小花的衣服，抬起小花的下巴吻下去。小鳥張著眼，小花閉著眼。他們一邊親吻，一邊脫去衣服，沒有發出多少聲響。小鳥壓著小花，用力擁抱著。小鳥閉著眼，小花打開眼，一下一下地進出對方的身體。身體的重量與小鳥的壓迫使小花快要喘不過氣，她卻不願推開小鳥，只按著自己張口著的嘴巴，怕不自覺發出什麼聲音。而此時帳幕外有微風吹雜物在地面滾動的聲音，也無從察覺得到帳幕內的動靜。

早晨微光透進帳幕，小鳥剛剛睡醒，感到昨夜睡得很好，就望著還在睡的小花滿足地笑了，而他也已經記不起有多久沒有睡好了。他想回憶昨夜他們之間的纏綿，印象卻不太深，他只覺得這個女人很不錯。然後小花也醒了，第一眼就看到小鳥對著她笑，所以她也笑了，也感到很幸福。他們笑著起床，笑著穿衣服，然後收拾帳幕。小鳥把帳幕放到花槽角落，然後拿著行裝走了。小花沒有再問什麼，因爲她認爲其他什麼都不重要了。

「我帶你去見一個人。」

# City B

“I think you will never understand. “

“I love her but deep down in my heart there is a desire that makes me so painful. Do you understand?”

“Guess what? Yes. You are right. I do not understand. However, I do know why you are here and what are those alcohols for.” The man passed Woody a glass of drink.

“Yeah.” Woody emptied the drink.

“What are these? Had you been hit by a truck?”

The man touched Woody’ s bruises over his arms and face.

“Hah, I fell from the ladder when I tried to replace the bulb. No big deal.”

“So do you want to come to my place tonight?”

Woody put down the glass and took a breath.

“No. I think I should go.”

Woody opened the door and left the bar. He got in his car and drove back to the apartment. He looked at those signs in English on the street along the way– “Stop”, “Pedestrian”, “50”, “40”, “Coffee Shop”, and “Bar”. Some with lights but some do not. Strangers smiled at him and he smiled back.

“Why are they so happy?”

“Are they really happy?”

「酒吧漂亮嗎？」小木走上汽車旅館的樓梯，在三樓的走廊轉了幾次彎，然後推開一間房的大門就看到洛妍她一邊沖熱水一邊發問。

「Not bad，只是東西不好吃。」小木脫下外套，坐在圖案模糊發黃的布椅上脫去大衣和鞋子。

「那麼下次不要再去了。」

「對，不要再去了。我們可以找另一間。」
「那麼那個人是一個怎樣的人？」
「沒有什麼特別，他問的問題很正常，就像一個普通的面試。」
「我以爲肯定是一個奇怪的人，才會選擇在酒吧面試。可能這就是文化差異，在那裡不正常，到這裡就變正常了。」
「不，不正常的人總是比較多。」

小木從座椅站起來，慢慢走進淋浴間後脫去衣服。他把衣服小心地掛在門後的掛勾，確保衣服不會掉下，再走進花灑下面擰開水龍頭，冷水淋到他身上，使他猛地收縮了一下，但他卻沒有回避，只震抖地呼吸，承受冰水傳到皮膚再傳到腦袋的痛楚。水漸漸變熱，小木放緩呼吸，閉上眼抬高頭，享受熱水和窒息帶來的寧靜。不過他片刻寧靜突然被背部的碰撞打破。小木定過神，感受到洛妍的乳房貼著自己的背便轉身向她。洛妍將他抱著，然後小木自然而言的又抱著洛妍，兩人就一起在花灑下淋水。而洛妍感覺小木頂著自己腹部的陰莖愈來愈大，就抱得愈來愈緊，也開始把弄它，因爲她喜歡小木對她反應。

對於小木在年少時離她而去，另結新歡，洛妍早有一套解釋，就是一切都是無可奈何，是因爲他天性使然，因他喜歡的不是女人，自己又能如何？這絕非不是純潔的愛情，而是命運使然。

「對，是命運使然。不然爲什麼我們會再次重遇？」洛妍說。

「對，是命運使然。」小木像沒有思考過就回著。

在床上，洛妍繼續緊抱著小木。她不喜歡寒冷，但她喜歡冬天，因爲在冬天，一切的纏綿和擁抱都變得合理。她對著小木撒嬌，撫摸小木的皮膚。

「你還喜歡男人嗎？」洛妍不敢望小木。

「可能有一點。」小木也不敢望洛妍。

「不過我愛你。」

「愛我就可以了。」

小木起身躺在洛妍的大腿上，洛妍撫摸著他濕潤的頭髮，望著小木幾乎要睡著的樣子。小木突然有種不自然的感覺，不想睡了，於是開車載著洛妍從汽車旅館開到市中心去找餐廳吃飯。

「你會怕開車嗎？如果是我的話，在經歷過車禍後應該會有陰影。」

「我自己開車反而比較安心。」小木想起那個瘋狂的的士司機，微微一笑。

小木和洛妍從旅館出發，由沒有人的近郊，駛到擠迫的市區公路。正好碰上放班時間，一輛輛私家車的車輪緩緩滾動，小木和洛妍就與他們並排擠在吊橋上。晚霞色彩斑斕，橋下的水波蕩漾，映照出黃昏最後的餘暉。在香港，他們兩人從來都未見過有這種顏色的天空，所以這刻有種莫明感動，塞車的路途也不太難捱。日光眨眼間褪去，天色變暗，公路上幾百幾千輛車愈趨愈近，緊密湊在一起。洛妍隔著重重玻璃，在前面一片紅色尾燈組成的燈海中四處張望——右邊那輛車的司機在聽電話，左邊那個目光呆滯，不時嘆氣。

「為什麼那麼多人在一起卻那麼寂寞呢？」

「因為我們和他們跟本沒有在一起。」小木一邊盯著電話上的定位資訊一邊回覆，洛妍又覺得很有道理。

「不如去這間餐廳？」

「好呀，好像很好吃。」

"How are you?"

"How do you do?"

"How' s your day?"

"Have you been here before?."

"Table of two?"

"What' s up?"

"Cheers."

"How can I help you?"

"I am good."

"Good."

"I am fine. And you?"

"I would like to have a salad please?"

"Good to see you."

"Nice to see you."

"Nice to meet you."

"What did you cook last night?"

"What's your plan?"

"Take care."

"See you tomorrow."

"Have a nice day."

"Me too."

"Good night."

洛妍和小木走遍這個陌生的城市，吃過很多異國餐廳，也和很多外國人聊天。他們望向陌生的金髮藍眼，如同金髮藍眼望向陌生的他們。異國人的視線隱隱刺痛他們，想必他們的視線也隱隱刺痛了異國人。見過了壯麗的海洋和高聳的森林，全都是香港沒有的景色，他們好像想到了什麼，又好像沒有，結果幾個月後終於踏上飛機回到香港。

# 父親的話——忘記還是記著

「忘記、放下，長大你就學會。」

「就像我，經歷了多少艱辛？年輕人不會明白的。」

「有些人沉溺在過去就回不來了，但我不是。」

「處之泰然，笑看風雲，你知不知道？」

「就像你的母親。」

「就像你的母親，她離開了我，而我是多麼愛她。」

「但愛要放下，恨要放下，一切都要放下。」

「忘記這些不開心的，人最重要的是快樂。」

「佛家有講，道家有講，儒家有講，聖經也有講。你明白嗎？這就是全世界都要知道的道理。」

「就像你的母親，我也放下她了。」

「總知你要記著，你要忘記一切，記著了。」

楚。

父親坐在最靠近廚房的餐桌上手指點著，小木在廚房攪拌面前的湯，並沒有聽得清

「先炒洋蔥，再加上蒜頭，然後是加水還是香料？」

「然後加水呀，怎麼你轉過頭就忘記了？我要怎放心將店交給你？」

小木不喜歡讀書，不喜歡同學，不喜歡老師，也不喜歡學校，更想要避開洛妍，所以中學畢業以後就沒有再讀書，走到父親的餐廳工作。那時候父親已漸見老態，自然樂見小木接手餐廳，而幾年過後父親病故，小木就正式接管餐廳。剛開始時小木感到很自由，再沒有煩人的說教，又可以隨時帶人到自己的家。只是後來他發覺縱使他能選擇什麼時候帶什麼人回家，卻從不能叫那些人留下——他們總是想幾時走就幾時走。小木的煩惱像花，想了又想不完，想完又想；開了又謝，謝了又開。但總不會有人想對其連根拔起，畢竟太殘忍了。他甚至還對它們澆水施肥，期望會有不一樣的結果。

「究竟我要記著還是忘記？」

「不過要忘記還是記著了。」

「記著要忘記？到底是哪一樣？」

接手後小木漸漸熟悉餐廳裡樓面、廚房、進貨、會計等各種事情，至今算是獨當一面。此時餐廳只剩下小木與三數個老員工，而這些老員工也只會愈來愈老，小木每天都在想他們隨時會倒下，不知道哪天就突然看不到他們了。鍋裡的湯滾燙著未有歇息，油漬斑斑，蓋上了餐廳的一切。

「好吃嗎？」

「好吃。」

「一般。」

「不過吃慣了。」

「最重要是經濟實惠。」

「足料。」

「便宜呀。」

「老味道。」

「那湯料有三十年了，愈久愈有味。」

「我就是要吃這種懷舊味。」

「對。」

「我就喜歡它舊。」

# 誤解的人誤解的詞

## 勇敢的人（有時候）

「吃飽了沒有？」

小花和小鳥戴著帽、太陽眼鏡和口罩來到了康復宿舍附近的酒吧餐廳，叫了兩個午餐，只在進食時才拉下口罩，然後又立即戴上。他們從下午等到傍晚，人也漸多了起來。

「有時候是這樣的，你都不知道他剛經歷了過什麼，他可能正逃避追捕，或正有更重要的事要做。」小鳥甚至在幻想那個男人身處槍林彈雨的情景。

小鳥對小花說他每次都在這個酒吧餐廳接受指令，今次也不例外，他們要在這裡等待最後一個指示。小花依舊有好多問題想問，例如「那個人」是什麼人？這些「任務」是如何開始又何以結束？「任務」又是什麼？又有怎樣的目的和手段？不過她覺得待等到「那個人」的出現，很多問題就會得到解答，所以無需擔心。果然到餐廳人流最多之時，一個人突然出現在小鳥背後，把一個紙皮文件夾放在小鳥面前的桌上就掉頭走了，沒有留一句話。小鳥和小花只望到他身穿連帽運動外套，卻都看不清那個人的容貌。

「有時候是這樣的。」

畢竟是最後一次，小鳥本來期望這次派遣任務的方式會更有儀式感，可是現實卻與想像相去甚遠，這種認知的誤差，加上長久的等待些微麻目了小鳥，使他呆了一會才能說出話來。

「有時候是這樣的，你都不知道他之後要去做什麼。我和他無需要說太多話。」

小鳥打開輕薄的文件夾，伸手進去拿裡面的東西出來，一看，只有一張紙。

「紙上面所說的就是最後的任務。有時候就是這樣，指示很短但內容其實好複雜的。」

「好吧，然後我們現在要去做什麼？」小花終究還是開口發問。

小鳥在坐位上從口袋裡取出一包香菸，拿出其中一條含在口中，兩手摸了摸其他口袋，找了一會才找到打火機，燃點唇邊的菸吞吐一口。

「不知道。因爲首先我們要找一個人，才知道接下來要做什麼。」

說完小鳥就把紙張揉成一團塞進褲袋，然後起身就走。小花像一早已準備好，立刻也起身跟著他。兩個人依舊戴著口罩、帽子和太陽眼鏡，臨到門口，小鳥卻忍不住轉身一望，看這個地方最後一眼。

「如果這些事需要他自己親自動手，你猜他會不會去做？如果我是他的話應該會吧。畢竟這些都是他策劃的，又有什麼可怕？但他落手去做的話就沒有人去指揮了。你可能會問——其實你也已經問過了——他到底是誰呢？很多人想知道，也有很多人確實問過這個問題。但幾乎所有人都問不到重點，就是『他有多少人』。他是『他』，還是『他們』？有一個人，還是有一百個人？」

「是一百萬人。」

小花打斷了小鳥的自問自答，打斷了他近乎自我安慰的解釋。看著小鳥沉思的樣子，她有種愈來愈了解小鳥的感覺，也爲此高興起來。小鳥要避開宿舍，拉著小花在宿舍周圍繞圈，穿插在小巷之中。廚師從食肆後門倒出的血水流到他們腳邊，小花大步跳過，小鳥卻不在意地踏上血水走過去。頭上一排排的冷氣機，還有水渠破裂溢出來的水跟平常一樣滴下來，在樓宇間跳彈，匯聚或散開，都灑到地上。小花小心翼翼走每一步，不想碰到一滴，最後卻也跟著小鳥走進一座最潮濕的唐樓，而大門外什麼血水、穢水、污水都有。

「到了嗎？」

「差不多了。」

兩人在樓梯拉著幾袋行李，氣喘著一級一級的走。小鳥一邊走一邊對小花解釋，他們將要去一間他在一次任務中偶然發現的空房子，估計屋主已經失蹤，所以根據先到先得的原則，現在他已經擁有了這個地方。不知走了多久，終於到了七樓，他們穿過走廊，走到邊陲的單位。這是一個沒有房間的單位，開門只見一個四方的空間，幾乎是家徒四壁，只有兩塊床褥在窗邊角落疊在一起，還有一張桌子兩張椅在單位中央，小雪櫃則在另一個角落，嗚嗚低鳴。狹小的廁所是如廁處也是洗澡處，馬桶旁擠了洗手盤和小鏡，上面則是熱水爐和花灑。小花洗了把臉望著鏡子，然後看到鏡子裡小鳥從背後抱著自己。

「這是我們的家嗎？」

「對，因爲我們都是豬。」

「我們會一直在這裡嗎？」

「一直到最後。你會陪我嗎？」

「我不會走。你也不要走。」前句安慰了小鳥，後句卻令他無言以對。小花伏在小鳥的胸膛吸他的氣味，好像要把氣味留住，也要把他留住。

「我要拉屎了，你要留在這裡嗎？」

「好呀。」

兩人說句笑話，氣氛歡樂了起來。小花望著小鳥拉下褲子坐在馬桶上，像觀看一套驚悚片，欲視又不欲觀之。

「還眞的會拉不出來。」

「哈哈原來你還會介意這種事嗎？那麼我一直就在這裡看著你。要你一直拉不出來。」

「那我眞的要拉了。」

小鳥閉上雙眼接露出認眞的模樣，「咚」的一聲，小花聞到臭味後立即走出去關上門在外面笑罵著他，小木也在廁所內大笑了起來。小花跪坐在窗邊的床褥上，見窗外幾隻麻雀飛來飛去，不知是爭執還是玩耍。

「小鳥你在唱歌嗎？」

「還是你在呼喊？」

未幾麻雀飛向對面大廈的「康榮之家」，小花細看著那招牌，想起小鳥跟她說過在那個復康院發生過的一切荒謬的事。他們說他們有一個計劃令病人能重回社會，但那個計劃每年都改變，而且又會隨院長的更替而變，所以每次的改變就使病人的進度前功盡廢，得從新開始，也就從來沒有人能離開這裡。

小花打開雪櫃想準備晚餐，見到裡面只有幾罐啤酒汽水和幾支水，又覺得理所當然，然後拿了一罐可樂和一罐啤酒放在桌上。

「這就是我們的晚餐了。我不會再出門了，我不會再走七層樓梯。」

「原來你也認爲我要選啤酒。」

「對，比較襯你。」

小鳥以前也覺得自己最適合喝啤酒，後來卻發現自己討厭啤酒的苦澀，更害怕自己對於酒精的反應，就沒有再碰了。可是這次他還是拿起特意爲他準備的啤酒，沒有多作考慮，就和小花坐在一起就飲了起來。

「其實我忘了要吃晚餐。」

「哦，原來是這樣。」

「爲什麼人要定時吃三餐？而不是自由決定何時進食？這是因爲……」

「我明白呀，因爲我們是畜牲呀，對不對？」

小鳥驚喜地望著小花。

「除了畜牲和人類，還有哪些動物是定時進食的？你是不是想要這樣說？」

「對，就是這樣，你眞的明白了。弱水三千，你只取一啤。哈哈哈哈哈哈哈。」

說完小鳥喝光了啤酒，開始面紅耳赤，連身體都紅了起來。他拉起小花在這個空曠的小地方手舞足蹈，摸著小花的臉稱讚她的眼睛，又稱讚她的面容膚色，頭髮和香氣，稱讚著她的一切。可是跳了一會舞之後小鳥卻又很快失去氣力，一吹就要倒下。小花捉著他的手按在自己的臉上，像是要給他多少力量，小鳥卻在此時哭了，抽泣得像個小孩。小花帶他到床上抱著他，覺得他哭的樣子很醜，但又很喜歡。小花沒有問小鳥有多醉，看著小鳥兩行淚痕，在沒有枕頭被鋪的床上睡著了。

這夜他們都在沉睡中夢見了對方，又恰好都在睡醒時就忘了剛剛才發過夢。那麼，應如何去證明這些夢存在過？或曰，有沒有需要去證明這場夢？或曰，他們的夢究竟有沒有存在過？是否被忘記就等於未曾存在過？而那些被忘記的是否亦毫無意義呢？

## 睡和吃

「起床了。不用上班嗎？」

早上六時，洛妍推醒小木，小木起身梳洗更衣後出門準備開店。離開了再回來這城市，再次走過一樣的街道，一樣的店面和工序，煮一樣的食物，應付一樣的食客，剛煮好的湯麵再沒有父親的感覺和味道，也沒有任何人的認同。夜晚收拾店舖核對營業額時，小木突然想起自己的工作量已遠超他的父親，以往父親有自己的幫忙，午市能賣十碗麵的話，他現在自己一個已也能賣十五碗，而賺到的錢卻沒有以往的八成。想到這裡小木笑了，笑父親說過的話，更笑自己無謂的辛勤勞動。不過他沒有不快，因爲他的勞動使今日的時間一樣過得很快。

回到家後，小木跟往常一樣洗澡，品味窒息與水的味道，然後卻睡不著，坐在梳化拿著手機上網，看討論區，看網站上的短片消磨時間。

無關的社交動態，看著逗人發笑的短片。世界新聞，本地新聞都播著類似的內容：

「畢業生的薪資如何如何。」「街頭示威，死傷者若干。」「某歌手發布新專輯，支持者通宵排隊輪購。」他再看了一遍社交網站推介的食店和景點，使得小木的腦袋繼續停止轉動。

令小木上癮的東西太多：由女人到男人，再到女人；由書本到網路；由香菸到酒精；由流行曲到電影；由新聞到短片。他戒了一樣就惹上另一樣，從來不讓自己停下來。像個壺，想裝載的總比其能盛載的多，水就一直滿溢出來。他在夏天想冬天，朝想午，午想傍晚，傍晚想深夜，然後在深夜期望清晨，卻總是在清晨看見陽光的一刻感到陣陣空虛和悲哀。

他的眼皮終於垂下來，他在這一刻已忘了三十分鐘以來看過什麼，又爲他帶來幾多快樂。最後搜尋網上他那次車禍的後續新聞，看到沒有後就小心翼翼地回到床上，以免弄醒洛妍。

## 錯誤的緣由

我們應該懷疑一切。

洛妍在小木旁共眠卻還未有睡。她戴上耳機在電話上選聽喜愛的音樂，她的靈魂以一種情緒顯現，無以名狀，在那些聲音之中鑽來鑽去迫切找一個出口，但那些音樂卻始終帶不走她的靈魂。這些音樂又與她的情緒相似，完了以後就什麼都不是了——聲音驟停樂手退場，簾幕拉上，一切都完了，你只能在台下茫然，感受靈魂的些微餘震。因爲它們都是一種能量，而非物質。我們用樂譜或樂器粗淺地代表音樂；用簡化的表情圖像去代表情緒。但樂譜和表情終究不是音樂和情緒本身，它們只有在被實行的時候、當我們感受到這些能量的時候，我們才有足夠的把握確認它們的存在。此刻洛妍的靈魂、情緒與種種想法在心裡泛濫，使她絕不懷疑自己，可是有趣的是，她再次成爲那條魚，靈魂如何叫喊卻無聲，一張口就被掩沒。所有的思緒消失在離開身體的瞬間，毫無辦法抵達身旁的小木的軀體以內。那麼我們不禁又要問一個問題，究竟靈魂存在嗎？

又如小花透過眼淚了解一個男人，這是無價的，但人類究竟能確定什麼呢？當我們抬頭望向日月星辰，我們確信這些閃亮的東西就是各個星體，可是，除了那些一般人永遠無法認識，只存在於電視機的少數太空人之外，人類又有何能力去自己觸碰月球表面，以肉眼去觀察去球狀的地球，以宣告它們確實存在？人類堅信這些傳說，是因爲即使眞理的迷宮是人造的，電視和課本上的科學家也早已爲你提供算式和理論，太空人更提供了目擊證供，既然偉大的專家們宣稱他們已經替你在迷宮找到答案，你只管相信就好，畢竟你也沒有能力也沒有興趣自己找得到。情況有如古人相信神秘的能量和獻祭可以爲他們占卜和排難；而皇帝是天子，受天命所托來統治其他人；又像納粹的科學家與醫生們也曾經站在科學的前沿，告訴人們黑髮，扁平的足和後腦就代表了劣等；或者是共產黨也曾說只要把家裡的米、鋼鐵、親人都交給政府，國家就會富強，就再無人再會餓死，所有人都會變得幸福了。

人類現在回看最荒誕的歷史，在當時卻都是最不能否定的眞理，都有各類專家背書。今日荒謬的事情繼續在這個城市發生：就像昨天雞蛋和牛奶都是有益健康的，今日就變成對身體有害，可明日又會有專家反駁，告訴我們多吃亦無壞。如此種種，實在需要有「錯誤學」去解釋究竟我們錯在哪裡。我們必須繼續問很多問題：是信仰了錯的神？是環境和文化的問題，抑或是意識形態錯了，而不是方法錯了？還是正如小鳥所說，是無可避免的基因出了錯？

荒謬仍然循環而且漸漸增長，因爲人善忘。他們甚至不屑去扭曲或竄改，只是就這樣忘記了。

# 所有人都可以，所有人都不可以

小花買了床單枕頭被鋪、地拖掃把、刀叉杯碟，把它們通通帶進小鳥的家。她鋪床、掃地拖地、抹淨家具、排列餐具、洗廁所、抹窗、洗衣，把眼見能做的家務都做了，最後還準備了食材，想要在小鳥回家後能爲他煮飯，直至日落西山，終於忙完一輪，她就躺在新鋪的床上等候小鳥回來。而小鳥此時則在住所附近流連，四處張望，想將這裡的所有事物收進眼底。他不再恫嚇路人，他避開復康院，避開的士，避開這幾條街裡面很多可能會認識他的人，只想沒有人會認到自己。他走著走著經過了一間茶餐廳，看到門外的修修改改的餐牌貼滿了整個牆壁，便靠近仔細查看。

「快餐A，B，D，沒有了C。」

「常餐1，2，3，4。豬扒飯，牛肉意粉，蕃茄通粉，看起來都很好吃。」

「魚香茄子、椒鹽鮮魷、梅菜蒸肉餅……梅菜蒸肉餅被刪走了。」

「幾位呀？進來揀吧。」店內走出一名老年伙記，笑得奇怪。

突如而來的搭話把小鳥嚇退幾步，轉過頭就急步回家了。他半跑上樓梯，心如鹿撞、氣喘如牛，終於回到住所。

「什麼事了？」小花在爐前煮食，看到小鳥驚恐氣喘的樣子害怕又有可怕的事情發生了。

「沒有什麼事，被狗追了，哈哈哈。」小鳥回過氣來，發現這裡不一樣了，看著繼續煮食的小花，奇異得說不出話來。

「是不是很開心？驚喜嗎？」

「哦。對。哦。」

「你知道待會吃什麼嗎？是菜心牛肉和梅菜蒸肉餅。」

「有梅菜蒸肉餅嗎？」

小花笑了，她認爲她煮的食物使小鳥高興起來了。小鳥面對這裡的轉變，坐在飯桌還未反應得過來，只四處觀察，仔細揣摩有什麼改變了。

「來幫忙呀，你去收拾餐桌然後裝飯吧。」

「哦。好。」小鳥立即起來，像在復康院吃飯時一樣，拿起碗用最快的速度裝完飯再拿餐具放上桌子。

「不要那麼急呀，你要把它們碰壞了。」

「好吃嗎？喜歡吃嗎？」

「唔，好吃，好吃。」

小花端出餸菜，快樂地叫小鳥動筷，小鳥就慣常地把食物都堆滿口，引得小花抱怨，但又覺得小鳥種種心急的表現是因爲他太高興了，所以很滿足地笑著吃完這頓飯。飯後小鳥急忙收拾清潔，將餐桌還回原樣，消除煮食的痕跡，然後望了又望新的床鋪。這種陌生的感覺使他陷於迷茫，因爲他無法消化這突如其來的，世人所定義的幸福。他坐立不安，甚至想過奪門而出，小花看在眼內，終於發覺他的不安，以爲自己做錯了什麼，傷心不已。小鳥又發現小花的心傷，一起傷心，兩個人在新鋪的床上相擁卻不能入眠。這夜小鳥覺得全世界都抑鬱，全世界都失眠，因爲他的世界只剩下這床上的一切，彈指可破。他竭力控制慢慢迫近小花的手，以免自己會將這些脆弱的東西摧毀，而這些重要的東西又最會令人受傷。

「你覺得人類眞的有踏上過月球嗎？」

「我以前認爲有，後來不相信，現在也覺得無所謂了。」

「其實連月亮都是假的，星星也是假的。不過對呀，無所謂了。」

「我會跟你一起。」

「你會跟我一起嗎？」

天空再次在樓宇間亮起，模糊了這城市的輪廓，微光下小花睡著的樣子也很美。這一刻小鳥終於覺得這裡美極了，滿意的微笑著。他梳洗過後穿上自己最整齊的衣服，將小花買的刀子收進懷內，輕輕地關上大門離開這個家。

又一個早晨，小木正在廚房忙碌地爲食客泡麵，樓面傳來一張一張傳菜單，小木再一張接著一張消滅它們，望向牆上的時鐘，他心想這一天注定也過得很快。

「進來吧，一位？有位呀。早餐A，B，C，D。」

「一位。要個早餐C，凍奶茶。」

這一次小鳥接受了老侍應的邀請，走進了昨晚未敢進入的餐廳。他清楚記得侍應，但侍應早就把他忘掉，更勿論小鳥更換了裝扮後已是判若兩人。

「沒有C餐了，B餐怎麼樣？」

「對，沒有C餐，好，就B餐吧。」

抽氣機和空調似乎沒有運作，食客的桌上和廚房裡各自冒出的騰騰蒸氣，在餐廳裡漸成了一層薄霧。小鳥想這正好用於埋藏自己的身影。

「沙嗲牛肉麵，凍奶茶。」

小鳥張開大口吸啜麵條，吃了幾口想起小花的話，就坐直身子放慢來吃。

「對，慢點吃比較好吃。哈哈。」

小鳥一邊回想昨夜與小花共聚的晚餐，一邊品嚐眼前的每一口，每一口都如此滋味，如此甜美，直到喝光湯底，他滿足地笑了，然後拿出懷裡的小刀，平和而理所當然地走進廚房，看到正在切蕃茄的小木。小鳥早就忘了小木，可是小木卻一眼就認得小鳥，停下手上的工作。

「我就覺得總會再見到你。」

兩人持刀對峙，小鳥望著小木看了多久，小木就看著小鳥多久。時鐘上可能只是幾秒的時間，可是科學家又說「時間」是相對的，所以我們可以理解爲：如果這一個抉擇的瞬間，它從人們的記憶中存活，被歷史記載下來，它就成了永恆；若不然，則像蟲叫蟬鳴、露水蒸發般，成爲一股消散的能量，跟從來沒有發生過一樣？

地鐵站外的路口處，秋早的太陽爲正在魚貫穿過斑馬線的人群製造一串斜影，灑在馬路之外。黑壓壓的人頭被照得發亮，小鳥拿著染紅的小刀在馬路邊看著那些人頭經過，在快要轉燈號的時候奮力奔跑，離開了斑馬線，跑到最廣闊的車道，一直跑，直到消失在樓宇之間，直到消失在其他人的視線之中。

國家圖書館出版品預行編目資料

不會寂寞的城市／心心著. --初版.--臺中市：白象文化事業有限公司，2023.4

面； 公分

ISBN 978-626-7253-63-2（平裝）

855 112001000

# 不會寂寞的城市

作　　者　心心
發 行 人　張輝潭
出版發行　白象文化事業有限公司
412台中市大里區科技路1號8樓之2（台中軟體園區）
出版專線：（04）2496-5995　傳真：（04）2496-9901
401台中市東區和平街228巷44號（經銷部）
購書專線：（04）2220-8589　傳真：（04）2220-8505
印　　刷　基盛印刷工場
初版一刷　2023年4月
定　　價　300元